余命わずかな君と一生分の恋をした

小谷杏子 Kyoko Kotani

ALPHAPOLIS
WEB CITY SINCE 2000

アルファポリス文庫

https://www.alphapolis.co.jp/

第一章　美しい青春を求めて

1

他人の幸せそうな顔を見ていると、その顔に唾を吐きたくなる。

古野白夜《ふるのびゃくや》は近頃、そんなことを考えるようになったが、教室の和を乱してまで己の感情に従う勇気はなかった。

すなわち教室の端っこの席で顔を伏せて寝るほうが、まだ平和的な選択であると思っている。

自由になりたいが、学校内での自由時間は望んでいない。ひとりでいるとそれだけで、教室内での立場が悪化していくからだ。

それでも他人の輪に入って窮屈さや言いしれぬ孤独を感じるほうが白夜にとっては致命的だった。

——絶対に話しかけるな。

白夜はそう思いながら、目元が隠れるほど長いクセのある前髪を引っ張った。

クラスメイトたちは白夜の無言の訴えをよく分かっている。

昨年、高校に進学して話すようになった男子生徒、川島博臣《かわしまひろおみ》も例外ではなく、夏休み明けからの白夜の単独行動にとやかく言わなかった。顔を伏せる白夜に対し、怪訝そうな表情をしているが。

今はすでに授業を終え、もうすぐロングホームルームに入る。

十分間の休憩時間が終わっても教室はにぎやかなので、白夜は居眠りを続けていた。

やがて意識の向こう側で元気な男子生徒の声が響く。

「それじゃあ、文化祭の出し物決めしまーす！　定番のものからおもしろいものまで、とりあえずなんでも案出してー」

二学期。九月中旬。夏の匂いが残る二年四組の教室で、秋の祭典についての話し合いが行われる。

白夜はその声を聞いて、居眠り続行を決めこみ体勢を変えた。クラスメイトたちが次々に案を出していく。

「はい、それじゃー、他に……」

そうしているうちに実行委員の声が急に力をなくし、止まる。あたりがざわめく。

白夜は目をつむったまま教室の様子を想像した。

「先生？」

誰かがそう言い、担任が移動したことが分かる。やがて近くで女性教師の声がした。

「古野くん」

それは囁き声だったが、全員の目がこちらに向いているであろう状況では、その配慮もあまり意味がないと思った。

白夜はわずかに顔を上げる。目の前に担任の中年女性、藤井《ふじい》先生が白夜の様子を窺っていた。

「具合悪い？　保健室に行く？」

柔らかい声音が白夜の頭に降りかかり、教室はわずかに温度を下げる。

白夜は降参し、ゆるやかに席を立った。担任には「空気を読め」と言いたいところだったが、そう言ってしまうと余計に空気が冷めるのが分かっていたので、誰の顔も見ずに教室を出る。

廊下に出ると、教室はすぐににぎやかさを取り戻した。

きっと「あいつのことなんかどうでもいいじゃん」とか「それより出し物決めようぜ」とか「どうせ古野は参加しないんだろ」とか、そんなふうに言われているかもしれない。

白夜はため息をついた。

自分がいけすかない態度をとっていることは分かっていても、気が乗らないのだ。

どうすることもできず、ひとまず保健室へ歩く。

誰もいない廊下の窓に、ぽつんと貧相な自分の姿が映る。空の色で透けた自分の姿は青白く、パッとしない。

すぐに目をそらした。

廊下を歩いていると、どのクラスも二年四組と同じような光景が広がっている。

積極的に案を出してはしゃぐ人が七十パーセント、興味はあるが消極的ゆえに何かをしながら黒板を見ている人が十五パーセント、会議に参加しないと決めこんで不貞腐れた人が十二パーセント、興味なさそうに本を読んでる人が三パーセント。

そんなところだろう。自分と同じような態度の生徒も複数おり、白夜はわずかに安堵した。

午後の授業も終わり、あとはホームルームだけになったこの時間、保健室に行っても大して寝られる時間があるわけではない。

下校までの一時間をどうしたものか悩む。保健医にも会いたくないので、校内をさすらうしか選択肢は残されていなかった。

屋上は立ち入り禁止。ベンチがある中庭に行くのはこの時間だと目立つし、まだ夏の熱気が強いので行く気にもなれない。

「学校ってひとりになる場所がないな……」

だが、誰も彼もが教室という箱に閉じこめられた時間にひとりでのんびり校内散歩するのは少し気分がいい。

「これが背徳感ってやつか、あはは」

そんなことをつぶやきながら白夜は、脳内で校内図を思い浮かべる。

快適でサボっても大丈夫そうな避難所はどこか。

階段を下りていき、ふと突き当たりの教室に目を向けると図書館があった。保健室をやめ、そちらへ足を向ける。

図書館は他の教室とは違った内装で、あたたかみのある木製の木枠やつややかな板張り、本棚が並ぶ場所にはカーペットが敷かれている。普段図書館を利用しない白夜にとっては非日常な空間に思えた。

意気揚々と引き戸を引いて入る。

「あれ？　まだ授業中じゃないの？」

すぐに入口横に常設された司書室から、お節介そうな中年女性の司書が顔を覗かせてきた。

「えっと……今、文化祭の出し物決め中なので、その資料集めに」

とっさに嘘をついた。気の利いた嘘が出てきたなと思う。愛想笑いも加えれば、司書も「あ、そうなの。ごめんなさいね」とあっさり言い、司書室に引っこんだ。

――よし、これで時間をつぶせる。

たくさんの本棚が四方八方にあり、あらゆる本がひしめきあっている。古びた匂いが勝手に鼻腔へ流れ、なんとなく本を探すフリをして司書室から見えない本棚の陰にひそんだ。椅子に座って堂々と寝る勇気まではなく、本棚の側面に背中を預けて床に座る。

ちょうど目の前に窓と開けられたままのカーテンがあり、ささやかに置かれたサボテンとアロエの植木が日光浴していた。

区切られた青空は絵画のようで、その一角に白い飛行機が横切った。

「平和だなー……これはいい。秘密基地みたい」

調節された温度で快適に安全にワガママが通っているこの現状はこれこそ望んでいたもの。静かで、心地よくて――退屈だ。

スマートフォンを開いてSNSをいじりながらまぶたの重みを感じていく。それからアラームをセットして目をつむった。

「――白夜、おい、白夜!」

声をかけられ、目を開ける。見覚えのある浅黒いホームベース顔があるが、誰だかとっさに思い出せない。

寝ぼけ眼《まなこ》をこすり、ぼやけた視界がクリアになるまではまだ状況が分からなかった。

「おーい、起きたか？」

川島が顔を覗きこみ、白夜の頬を軽く叩いた。これでようやく白夜は状況を理解し、愛想笑いしながら言う。

「お、おぉ……どうしたの？」

「どうしたの、じゃない。何やってんだよ、こんなとこで」

川島が太眉をひそめるので、白夜は気まずく笑う。

「え？　もしかして今、掃除の時間？」

のんびり訊くと、川島は最近切りすぎた前髪を掻き上げ、ため息をついてぶっきらぼうに言った。

「とっくに下校」

そして白夜のスクールバッグを目の前に掲げてくる。

「うわ、マジかよ……アラームかけてたのに」

白夜は慌ててスマートフォンを見やり、顔をしかめた。

どうもアラームはきちんと作動し、今はスヌーズへ移行していた。時間通りに起きなかったのは自分のせいだったので、落胆しながら設定を止める。

そんな白夜を見て、川島が困惑気味に言った。

「アラームって、サボる気満々じゃん。らしくねーな。真面目だけが取り柄なのに」

「あはは。まぁ、そういう気分のときもあるじゃん。それで、川島くんはどうしてここに？　よく分かったね」

本棚に手をついて立ち上がりながら訊くと、川島は不満そうに返す。

「白夜が帰ってこないから、先生に保健室見てこいって言われたんだけど」

「あぁ、それでそこにいないから？」

「うん。あちこち捜したんだぜ。他のクラスのやつに訊いたりさぁ。それで、なんとなく入ったらいた感じ」

川島は面倒な役目を負わされてか不服そうに言った。

「ごめん」

白夜は素直に謝り、出口へ足を向けた。

「でも僕のこと、無視していいのに」

「はぁ？　なんでそんなこと言うんだよ」

後ろからついてくる彼の声が背中に刺さるが、答えない。司書室を横切り、図書館のドアを開けると、川島がさらに言った。

「おまえ、最近ずっと変だよ。寝てばかりだし、体育はサボるし、いつの間にかどっかに消えてるし。反抗期か？」

その言葉に白夜は、彼がおどけているのか確認しようとふり返った。その間際、司書が怪しむように目を細めてこちらを睨んでいるのが見える。

だが構わず図書館を出た。

——もうここにも来れないな。

そんなことを考えながら川島を改めて見ると、彼はふざけている様子ではなかった。たちまち居心地が悪くなる。

「……なわけないだろ」

白夜は頬を引きつらせて笑った。川島の顔に疑問が浮かぶ。

「何が？」

「反抗期。そんなんじゃない」

「じゃあなんだよ？」

——しつこいな。

食い下がる川島に白夜は適当な口調で言う。

「あー、うーん。あれかな、倦怠期？」

「はぁ……？」

川島は呆れて物も言えないのか、もしくはなんと返せばいいのか言葉を探しているように無意味なため息を繰り返した。

その隙に白夜は帰ろうと昇降口へ足を向ける。

「じゃ、見つけてくれてありがとう。バイバイ」

彼の言葉を待つつもりはなく、早々に切り上げる。

すると、川島は慌てたように「あっ」と声を張り上げた。

「ちょっと、白夜！　まだ話は……！」

しかし足を止めなかった。

彼も追いかけてはこなかった。

2

十七歳が未成年最後の年として定められているが、大人になる期限が差し迫っている実感はない。このまま真面目に生きていても退屈な気がする。

 しかし、大胆な行動もせいぜいホームルームをサボるだけ。この小さな反抗は白夜にとって大きな変化だった。川島の動揺も分からなくはない。

学校からまっすぐ帰り、夕飯を作る父に「ただいま」と声をかけると、夕飯に呼ばれるまで部屋から出ない。スマートフォンでＳＮＳや配信動画を見て過ごしていれば、いつの間にか時間は溶けている。

それから家族全員で夕飯をとる。

今日はバンバンジーサラダと生姜焼き、白米に味噌汁という組み合わせで、それなりの量を食べた。すぐに風呂へ行き、さっぱりしたあとはスポーツ飲料を飲んで自室に入る。ここまでとくに言葉を発することはなかった。

両親が不仲というわけではないのだが、にぎやかとは言い難い。

昨年まで六つ上の姉が家にいた際は母と姉がよく話していた。それでうちの家族はにぎやかだと思いこんでいたのだが、姉が県外へ嫁いだあと、それはどうも勘違いだったのだと気づいた。

静かなのはいいが刺激のない淡々とした生活が続くのは気詰まりする。しかし両親と何を話したらいいのか分からないので黙っておくしかない。

白夜はふと放課後のことを思い出した。川島の怪訝そうな顔が頭に浮かび、つい噴き出した。

――〝倦怠期〟なんてふざけた言葉だな。

普段から真面目だけが取り柄の自分が放つ冗談としては及第点だろうが、川島を微妙な気持ちにさせた時点でおもしろさは皆無だろう。

それでも時間差で愉快な気分になり、苦笑を漏らす。

倦怠期というより憂鬱といったほうが今の感情をより表現できる。今度からはそう言おうと決めた。

それからも時間はゆっくり進む。勉強をする気になれず、ベッドに入ってみたが眠れない。昼間、散々眠ってるから寝られるわけがなかった。

再びスマートフォンを開きSNSを見ると、幸せそうな言葉と何かに怒る言葉が交互に垂れ流されている。おもしろくない。

次に配信動画をだらだら眺めた。ショート動画は暇つぶしになり、いくつか目に留まった。ペットの愛くるしい動画、料理動画、ゲーム実況の切り抜き動画、鮮やかな色彩を多用した人気動画クリエイターの新作など。

しかしあらかた見ると興味のないものばかりになってきたのでやめる。三十分くらいしか凌げなかった。

仕方なく、今度は本を読もうと、机に置いた文庫本を取る。図書館の本は古く、手垢がついたものが苦手だが、本は嫌いじゃない。ただ希望や感動を誘うストーリーは嫌いで、暗く淀んだ話のほうが好きだった。

——退屈だ。

本を開いてもただ文字を追っているだけの作業でしかないと悟り、数ページでやめた。これは二十分にも満たず、時間がぜんぜん進まない。

夜が長い。両親が寝静まるまでの時間が長い。

父は早寝だから風呂に入ったらすぐ自室へ行くだろうが、母は家事を終わらせて寝る支度をするのに時間をかける。おそらく零時くらいに寝室へ行くだろう。

今は二十二時。あと二時間。

夜の長さはつらい。眠れないと余計に。早く寝ようとすればするほど落ち着かなくなる。

だから今日こそは、母が寝たら家を抜け出してみようと決めた。

それまではスマートフォンで配信サイトを開き、映画を観て時間をつぶすことにする。

泣けると噂の余命もの、人気アニメやドラマの劇場版、海外SF、ジャパニーズ・ホラー、昔のドラマや映画など、どれも惹かれないのでスクロールを繰り返す。

結局今のところ、何にも興味が湧《わ》かないのだろう。教室での立ち回り、文化祭、家族の役割、全部が面倒に思えて仕方がない。今の時間をつぶすための映画さえ選べない。

猛烈に映画が観たいわけではないので、本来ならなんでもいいはずだった。それなのに、つまらなかったら嫌だと感じている。

「もういい。これで」

適当に再生してみると、当たったのは最初の映画――余命ものの作品だった。思えば、こういった作品に触れた機会がない。

ストーリーはシンプルで、余命を告げられた高校生のヒロインが死を受け入れながら相手役の男子と一緒に青春を送り、恋をするというもの。

音を外へ漏らさないようにワイヤレスイヤホンをし、映画をじっと観る。

ヒロインの女優は知らないが、男性のほうは結構有名なアイドルだった気がし、最初はストーリーに集中せず、ぼんやりと俳優たちの動きだけを観ていた。

こんな美男美女は学校にいないと思いながらも、だんだんストーリーにのめりこむ。

鮮やかな青、きらびやかな光、暗い雨、様々に色を変えていくなか、演者の表現もキラキラして見える。何よりヒロインが健気でかわいい。

「えーっと、この人、誰だっけ」

映画を停止し、出演者を調べた。ハルノアサミ。十九歳で、売出し中の俳優らしい。

「ふーん……やっぱ知らないな」

再生する。頭の中でセリフや展開を想像しながら観る。

予想通りの流れだった。

しかし、思いのほかカメラワークが良い。暗いシーンは彩度が低く、明るいシーンは光でエモさを演出している。

ストーリーは簡単に言えばじれったく、とくに主人公の男子に感情移入しにくく、あまり好みではないものの不思議と気だるさを感じさせず引きこまれていく。ヒロインが文化祭の準備中に倒れた瞬間なんかは、ベタだと思いつつ目を見張った。

病院に搬送されるヒロインを追いかける主人公。病院に駆けつけると、ヒロインが涙を流して主人公の手にしがみつく。

『死にたくない……嫌だよ……』

――そうだよな。こんなまだ十七かそこらで死ぬなんて、理不尽極まりないよな。

『大丈夫。僕がついてるから……！』

――でも、おまえが彼女の死を止められるわけじゃないだろ。

脳内でツッコミを入れながら観ていく。

やがてヒロインが自暴自棄になり、主人公を拒んだ。主人公はショックを受け、病室を立ち去る。それからすれ違いの日々。

しかしヒロインはなんとか文化祭に参加し、きれいな歌声を披露し感動を誘う。

次のシーンでヒロインは主人公に看取られながら泣き笑いし、その生涯を終えた。

主人公は人生終了を告げられたかのように落ちこんだが、数年後、彼女からの前向きで愛にあふれた手紙を受け取って前を向く。

なるほど。数年かけて届く彼女からの手紙は主人公の胸を打つものだ。

「うーん……でも泣けなかったな」

いかにも涙を誘う展開の連続で、冷めた感想が飛び出す。

しかし俳優ふたりがとても魅せてくるので、結局最後まで観てしまったことの負け惜しみにしかならなかった。

エンドロールをぼんやり見つめるも読むことはせず、片方だけイヤホンを外す。もう片方からは数年前に流行った人気アーティストの主題歌が聞こえていた。どこかで聞いた曲調のこの曲は、以前ストリーミングで聴いていた。

静かに部屋のドアに耳を向ける。母がもうすぐ寝室へ入るかもしれない。もしくは入っただろうか。

スマートフォンを置いて、そっとドアを開けると、真っ暗な廊下が広がっていた。リビングも電気が消されているようで、母がとっくに寝入ったことが分かる。

白夜は垂れ流しの映画を消し、スマートフォンをジャージのポケットに入れると、家を抜け出した。

3

この町は夜になると車が通らない閑静な住宅地で、やたら坂が多い。丘の上には展望台があるが、小学校の校外学習以外で行ったことはない。

そこまで行ってみようかと足を向けるが、途中で急勾配があり、そこまで歩いていく際、具合が悪くなって嘔吐したことを思い出した。さすがにこの年齢であの急勾配を上がっても吐き気は催さないだろうと思いたい。

だが、万が一ということもある。

白夜は車通りのない横断歩道を歩いた。白線だけを踏んで浮かれ調子な自虐を放つ。

「ひとりになりたいのに、ひとりにさせてくれない。生きにくい世界、だな」

きっと、あの映画のせいだろう。夜という非日常も相まって、詩的な言葉が紡ぎたくなった。

失笑し、渡り終えたところでスマートフォンの地図アプリを起動する。この夜を有意義に過ごすためにはどこがいいだろう。

ひとまず家から離れ、絶対に人がいない場所を探す。

――そういや、この近所に森があったな。

それは白夜が生まれる前、殺人事件があったという小さな森だ。幼い頃はそれこそ地元の人や友人たちがこぞって噂し、幽霊が出るだの気味が悪いだの騒いで、度胸試しに森へ行った子どもが帰ってこないなど、尾ひれがついたいわくつきの場所。あそこなら誰もいないはずだ。

規則正しい格子状の町を歩き、自分の勘を頼りに森を目指す。

何度か角を曲がったが、なかなか目的の場所にたどり着かない。地図を見ると一本手前の道に入っていたようで、自分の勘の悪さに苛立った。

「まぁ、ここを抜けたら正規ルートに入るだろ」

地図を見ながら歩き、思った通り正規ルートに入る。そこは空き家が並ぶ場所で、街灯も頼りない町外れだった。思ったより暗く、視界も悪いのでわずかに緊張する。

「落ち着け……これくらいでビビってんじゃない」

胸を押さえ、深呼吸してみる。

——よし、大丈夫。ビビるな。

ホラーは好きなジャンルだが、お化け屋敷は苦手だ。映画は画面から出てくる心配がないから大丈夫なだけで、作り物でも実体があるものに脅かされるのは不本意だった。

だいぶ趣旨が変わってきた夜中の町探索だが、この異様な空気に飲まれていた白夜は無意味に独り言を放ちながら森へ足を踏み入れた。

「いやぁ、でもまさかこんなに寂れてるとは思わなかったな……これは幽霊出てきても仕方ない気がする……」

突如、靴底が液体に触れたような水っぽい音がし、すぐに足を上げた。じわじわとメッシュのスニーカーに冷たい水が染みこんでいく。昨日の雨の水たまりが残っていたらしい。

森の入口は湿った土かヘドロかよく分からない黒いものがへばりついた縁石と、

腐った木製の防止柵があるだけで別に立入禁止というわけではなさそうだった。どうも水はけが悪そうな場所だ。

水たまりを避けて柵をすり抜ける。中は鬱蒼と茂る木々で圧倒されるが、地面は土ではなくアスファルトだった。

それだけでいくらか怖さが軽減される。

なぜか白夜は、静かな森の中に迷いこんで化け物に出くわすホラー映画を思い出した。あれは地面がぬかるんでいてとにかく薄気味悪かったので、地面がアスファルトということに謎の安心感が生まれる。

「なるほど、あの湿った地面は恐怖の演出か。やっぱり理にかなってるんだなぁ」

また無意味な独り言を放つ。

中は森というには物足りない、ぽっかりと開けた空間があった。明かりはこの森の周囲にあるオレンジ色の常夜灯だけなので、夜目が利きはじめてからしばらくして、ある程度把握できる。

森の中を散策していると、厳かな参道を発見した。

謎の森にはどうやら神社が隠されていたらしい。赤い鳥居と小さな社殿があるだけの物悲しい神社。名前はあるのだろうか。

見回すと、稲荷神の灯籠が置いてある。稲荷神がなんの神様だったかすぐには思い出せないが、神聖さを感じられたらすっかり恐れがなくなった。

「ここ、いいな。誰もこないだろうし、ひとりになりたいときの秘密基地になるかも」

そう楽観的に言っていたら急に脇で物音がした。風とタイヤがこすれあうような音が立つ。

「……なんだ、自転車か」

どうも森の向こうにある道を自転車が駆け抜けたらしく、音が遠ざかっていった。

安心して息をつき、くるりとふり返る。すると視線の先に動く人影があった。

「う、あっ！」

思わず大声を上げてしまい、すぐに口を塞ぐ。つい癖でシャツの胸元をつかみ、その場に立ち尽くした。

——何？　誰？　人？

「なんかユラユラしながら歩いてる……は？　まさか、あれが幽霊？」

思考と言葉が同時に出てしまうも、白夜は正常な判断ができずにいた。

「いやいや、嘘だろ。そりゃ退屈で、つまらない人生送ってましたけど。つい出来心で心霊スポットに来てみましたけど。そんな……そんなあっさり遭遇するか？」

小声でブツブツつぶやき、気を紛らわしても無意味だ。近づく人影にますます怯え、うろたえる。

「え、もしかして僕、霊感あったのか？　あ、それはちょっとおもしろいな……って、バカか。漫画の読みすぎだ」

――足、動け。

そう念じても足は動かない。目だけがキョロキョロと挙動不審に動き、こころなしか冷や汗が頬をつたう。

白夜は無意識に唾をごくりと飲んだ。

人影はだんだん近づいてきたが、とてもゆっくりだ。足が三本あるように見える。そうして、近づくそれが杖をついた人だと分かってきた。

――杖をついた老人の幽霊か？　それなら倒せるかもしれない。

人間は極限状態に放りこまれると馬鹿な考えが生まれるらしい。こんな状況をクラスメイトたちに見られたら速攻で笑われる自信があった。

「落ち着け。普通の人間の可能性だってあるだろ。僕みたいにたまたまこの森に入ろうと思ったか、もしくはこの稲荷神社にお参りしにきた老人という可能性も……いや、でもこの時間に老人が外に出るのか？　出ていたとしても不審者くらいじゃないか？」

この場合、自分も不審者であるということは考えていない。ひとまず息を殺して足を踏ん張り、あらゆる危害に備えて構える。

すると人影が前のめりに倒れた。「きゃっ」という小さな悲鳴も上がり、それだけで警戒心がゆるむ。

「なんだ、人か……しかも女性」

杖を持った女性だと分かった。これがもし白いワンピースだったら幽霊だと思っただろうが、相手は動きやすそうなスウェット姿で、白夜と同じくらいの年齢だ。

こわごわ近づき、しゃがんでみるとふんわり甘い香りがする。風呂上がりなのかシャンプーの匂いが勝手に鼻の奥をくすぐった。

「大丈夫ですか?」

声をかけると彼女は顔を上げた。黒いロングヘアの右側の髪が垂れ落ちており、顔の左半分だけが見える。焦点の合ってない目を動かし、彼女は口を開く。

「あっ……ごめんなさい。ありがとうございます」

「いや、まだ何もしてないですけど……」

白夜は慌てて手を差し出したが、彼女は見えていない様子だった。すぐに足元の杖を見る。暗がりで分かりづらかったが、これは白杖のようだった。

——目が見えない人だ。

ということは体に触れなければ、相手がどこにいるのか分からないのだろう。しかし気安く女性に触れることはできず、差し出した手を引っこめ、ジャージのポケットに入れた。

「えっと……立てますか？」

「あの、手を貸してください」

そう言いながら彼女は白夜のふくらはぎをつかんだ。足をつかまれるよりは手を握ったほうが断然いい。

気が利かない自分が情けなくなり、白夜はポケットに入れた手を出した。足を握る彼女の手に触れると、九月の熱が残る夜だというのにひんやり冷たかった。

「ありがとうございます。今から立ちますね」

彼女は白夜の手を握り、ヨロヨロと立ち上がった。顔を上げる彼女が白夜の体を無遠慮に触り、安心したように笑う。その際、彼女の右側の髪がサラリと流れ、見えていなかった右半分が見えた。

「っ⁉」

「あ、ごめんなさい！」

驚きと同時に彼女が言う。

白夜は声にならない声を喉の奥から出し、その場に固まった。

彼女の右半分は引きつれた皮膚と空洞があり、あまりにもグロテスクだった。

「私、幽霊じゃないよ！　幽霊じゃないから！　まさか人に会うなんて思わなかったの！」

そう言うと彼女はポケットから何かを出して右目に押し当てる。

「ほーら、怖くない、怖くない」

彼女は再び白夜の手をつかむと、焦点の合ってない目を細めて笑った。

「義眼持ってて良かったなぁ。じゃないや、あのう……？　やだ、あの、大丈夫ですか？　だって、本当にこんなとこに人がいるなんて思わなかったし……」

白夜が何も言わないからか、彼女はだんだん自己弁護を始めた。

一方の白夜は胸元のシャツをつかんだまま、止めていた息を吐き出した。全力疾走したように肩で息をし、その場にしゃがむ。

「ぁぁあー……びっ……くり、したぁ……」

顔を覆って情けない声を出すと、彼女がくすくす笑っていた。

「そんなに怖かった？」

とても馴れ馴れしく話しかけてくるので、白夜は眉をひそめた。

「ゆ、幽霊じゃない、ですよね……」

失礼を承知で訊くと、彼女は笑顔のまま「はい」と言った。

「生きてます。かろうじて」

「それは冗談ですか？　かろうじてって何？」

「こんな顔になってても生きてるってこと」

その自虐は笑えなかった。気まずい空気になる。

「やだ、笑ってよー。でないとスベったみたいになるでしょ、カゲヤマくん」

「は？」

周囲を見回すも、この場にいる人は白夜と彼女しかいない。

――何？　カゲヤマくんって呼んだ？　僕のこと？

首をかしげるも彼女はそのまま話をすすめる。

「カゲヤマくんでしょ。声で分かった。あと、手。あったかくてちょっと固くて、長い指。カゲヤマくんの手は私、すごく覚えてるんだから」

「……人違いでは」

白夜は声を低めて警戒心をあらわにした。

――なんだこの人。

しかし、すぐに心のなかで頭を振る。

おそらく目の前の女性は、事故か先天性の病気か、もしくは手術したかで顔が変わったのだろう。安直だがそこまでの想像はできる。

そう分かっていても、境界線を生み出してしまう自分の愚かしさに嫌気が差す。

白夜は押し黙ってしまった。

「どうしたの？　カゲヤマくん」

　呼ばれ、ハッとする。

「違います。僕はカゲヤマじゃありません。僕は……」

　訂正しようと口を開くも彼女の手が白夜の手をぎゅっとつかんで、顔をさらに近づけてくるので息を止める。

「何言ってんの！　私が見えないからって、嘘は良くないよ！　私の境遇を利用しないで！」

　――いや、やっぱりダメだ、この人。シンプルに話が通じない人だ！

　白夜は彼女から手を振りほどき、距離を取った。幽霊じゃないことは明らかで、すでにその恐怖心は去ったものの別の恐怖が追いかけてくる。

「い、一旦落ち着きましょう……」

「私は落ち着いてるけど。そんなことより、私に謝って」

「謝る？　なんで？」

「笑えない冗談言ったこと」

　――それはそっちが言ったことでは……！

　そう言いたいが、余計に話がこじれて面倒になるのが目に見えていた。

　これ以上付き合っていられないとばかりに白夜はいろんなものを呑みこんで、吐き出すように言う。

「す、すみません、でした……？」

「ふふっ。ほらね」

彼女は勝ち誇ったように笑う。

「その謝り方、やっぱりカゲヤマくんだ」

「えぇ……」

もう逃げ場がないことを悟った。

何を言っても通用しない。

白夜は肩を落とし、その場に立ち尽くした。さっさと逃げれば良かったのだが、目が見えない女性をこんな真っ暗な森に放置するのは良心が痛む。たとえ相手が相当変わっているとしても。

「ま、私の右目はないけど、左目はかろうじてまだ見えるのよ。ぼんやりとだけどね」

彼女は白杖を弄びながら言う。それならもう少し明るいところへ行けば、人違いだと気づくかもしれない。

白夜は思い切って彼女の手を取った。

「えっと……じゃ、ちょっとこっちに」

「え？うん。どこ行くの？」

「えーっと……近くにバス停があるので、そこのベンチはどうですか？」

確かここをまっすぐ行ったら桜町というバス停があったはずだ。そう思い出していると、彼女はにっこり笑った。

「あっそう？　分かった。久しぶりの再会だし、ゆっくり話そうか。ていうか、タメ語でいいでしょ。私たち、同い年なんだから」

「へ、へぇ……」

適当に相槌を打ち、彼女の手を引いて先を行く。ひんやりと冷たい手を握ると、彼女はうれしそうに笑った。

対して白夜は女性と手を繋ぐことに動揺していた。

――大丈夫、これは不可抗力。僕の意志じゃない。好きでもなんでもない他人と手を繋いでもドキドキしない。してたまるか。

「カゲヤマくん、手汗すごい」

「……ちょっと、黙ってください」

「また敬語！　なんか距離遠く感じるからやめてってば！」

――なんでこんなことになったんだろう……

白夜は後悔した。この手は未来の彼女のために取っておいたはずのファースト手つなぎ。

そんな予定は一切ないが、もしかしたらそういう場面があるかもしれなかった。それをここで使ってしまうことに虚しさを覚える。

別にファーストキスを奪われたわけでもないのに、人生で一度も女性と親しい関係を持ったことがないばかりに妙なショックを受けていた。

「あぁ、でも今後もしかしたらお年寄りに道案内したり、迷子の子どもを連れて行くかもしれないし、その手と同じと思えば……じゃあノーカンだ。よし、セーフ」

白夜はこの緊張をほぐすために今後、あるかもしれない『他人と手を繋ぐこと』について考えた。不本意なものとはいえ、久しぶりに脳と心を動かす。

すると女性が怪訝そうに訊いた。

「何をブツブツ言ってるの……？」

「なんでもないっす」

森を抜けて格子状の道へ戻る。やがて白い街灯があるバス停までたどり着いた。すでにバス停のベンチの電灯は消えていたが、街灯のおかげで眩しささえ感じられる。

電球の周りに小さな虫が飛んでいたが気にせず、白夜は彼女をベンチに座らせた。

「ほら、僕はカゲヤマじゃありません。見えます？」

　仁王立ちして顔がよく見えるようにしてみるも、彼女は首をかしげて焦点の合わなかった左目を白夜の顔に向けた。

「近くまで来て」

「え？　……はい」

　言われるまま一歩近づく。しかし、彼女は怒ったように目を吊り上げた。

「遠い！　顔をこっちに近づけて！」

「あ、はい……こうっすか？」

　もう少し前かがみになってみると、彼女は白夜の顔を両手でつかんだ。ぐいっと引っ張られ、バランスを崩しかける。

「ちょっと、あの！　近いって！」

「そうでもしないと見えないの！」

　彼女は頑固に言い張るばかり。白夜は勘弁してくれと思ったが、口に出せず言われるまま彼女の目を見つめるしかなかった。

　近い。彼女の左目は澄んだ黒だ。まつげが長い。シャンプーの香りが甘い。それが分かるほどの距離にいるので容易に息がぶつかる。

　白夜は無意識に自分の呼吸を止めていた。

「……カゲヤマくんだと思う」

やがて彼女はそう言い放った。

手が離れたと同時に白夜はのけぞり、その場にしゃがんで動悸を抑える。

姉や母とはまた違う女性とこんなに至近距離で触れ合うことは今まで一度もない。クラスの女子と隣に立つ機会があっても、あれはほとんど景色だから緊張はしない。おそらく、相手が素性の分からない女性だからだろうか。もしくは非日常がそう思わせるのか。

明るい場所で彼女をじっくり見ると、白夜は苦虫を噛み潰すように顔をしかめた。色白でパッチリとした二重まぶたで潤んだ唇、右側の顔とはアンバランスだが、認めざるを得ない。

彼女はとてもかわいい。

「……ハルノアサミ」

とっさに出た女性俳優の名前に、彼女が「え？」と眉をひそめる。白夜は咳払いして話した。

「ハルノアサミに似てるって言われない？」

「知らない。誰それ？」

「最近売出し中の俳優さん。さっき映画で観て……」

つい数時間前に観た映画に出ていたヒロイン役の俳優だ。

見たばかりの俳優に似ていたからドキドキしてしまうのだろうか。

しかし彼女はその俳優を知らないようなので、この話題を広げることは不毛だとすぐに悟った。

「あー、えっと、なんでもないっす」

「あ、その俳優さんくらいかわいいってこと？」

――似てるけど、顔の造形がかわいいとまでは言ってない。

素直じゃない思いを頭の中で思い浮かべるも口には出せなかった。これを言ったら殺されても文句は言えないだろう。

あまり見ないようにしていた彼女の右半分をちらっと見やる。

「その……顔、どうしたの？　てか、訊いてもいい話？」

ぎこちなく訊くと、彼女は「あはは」と気まずそうに目を伏せた。

「あー……気になるよねぇ、これだけ目立っちゃうと」

「言いたくないならいいっすよ、別に」

――もう二度と会わないだろうし。

「ほら、私たち事故に遭ったでしょ、中三の修学旅行中に」

彼女は簡潔にポツポツと話し始めた。訊ねた手前、中断させるのも忍びないので白夜は押し黙ったまま耳を傾けた。

「バスから投げ出されて……そのときにこの右側にガラスがぶすっとね、刺さっちゃって」

彼女は照れくさそうに笑いながら言う。

――笑って言えるものじゃないだろうに。

そう思ったが、おそらく笑って言わないと空気が悪くなるのは明白である。そして白夜はなぜかそこにシンパシーを感じていた。

「一命はとりとめたけど、右目はもう使い物にならなくて。左もね、こう見えてヤバいみたい。ほとんど見えてないから、そりゃそうだって感じだけど。あははっ！　やだ、暗い話になっちゃったー！」

彼女の心を思うと同情があふれる。

でも簡単に同情するとは言えず、とにかく言葉を選んで発言しなくてはという使命感が働く。しかし彼女を傷つけてはいけないと、思考のどこかで警告されているように感じ、気の利いた言葉が出てこなくなる。

そうしているうちにも彼女は話を続けた。

「カゲヤマくんはあの事故で重傷だったたって聞いたよ。それで入院して手術成功して、そのあと引っ越したって。でもこうして無事に再会できて良かった。私ら、あのときはスマホ持ってなかったしさ、連絡取り合うことができなかったし」

「え？　あっ……」

白夜は間の抜けた声を出した。

今、自分は彼女の知り合いである『カゲヤマ』なのだ。誤解を解きたいが、彼女をこれ以上傷つけてはいけないのでやはりうまく言えない。

白夜はぽかんと開いた口をどうにか動かした。

「そ、そうだったな。うん。そうだった。ほんと、無事で良かったよ」

「ねー！　九死に一生って感じ。これ以上の不幸はもうないはずだよね」

「そうだね……」

うまく笑えている気がしない。しかし笑おうと必死に口元をゆるませる。

「あ、てかカゲヤマくん、もしかして私のこと覚えてない感じ？」

彼女は手をポンと叩いて合点がいったように頷いた。

「そっかそっか。うちら、三年のときはクラス違ったもんねー。顔も変わっちゃったし、覚えてないのも無理ないか」

ものすごい勢いで話が進んでいく。

白夜は曖昧に「はぁ」と返事し、彼女を見つめた。

「青砥《あおと》です。青砥瑠唯《るい》。目が悪いから日中は出歩けなくてね、今は夜間高校に通ってるの」

さらっと自己紹介され、白夜はまたも「はぁ」と間の抜けた声を返した。しかしすぐに彼女の言葉の端だけをつかみ直して訊く。

「日中は出歩けない？」

「そ！　親がねぇ、過保護なんだよね。太陽の光、というか強い光が目に良くないもんだからさ……夜が友達になっちゃった」

――そういうものなのか……？

目が見えない人が周囲にいないのでピンとこないが、とりあえず話を合わせておく。

「その割にはなんだか楽しそうだよね」

足をパタパタ動かす彼女の様子を見ながら言うと、瑠唯は小首をかしげた。

「だって夜ってなんだかワクワクしない？　そういえばカゲヤマくんはなんであんなとこにいたの？」

瑠唯は絶えず健気に明るく笑う。

その笑顔に引っ張られるように、白夜はゆるやかに言葉を紡いでしまう。

「眠れなくて」

「カゲヤマくんもかー。お揃いだね」

白夜は戸惑った。

出会いは不気味すら覚えるほど最悪で、しかもずっと人違いされていて状況も最悪。

話も噛み合わず、かなり迷惑を被っている。

そうであるにもかかわらず彼女と話していると退屈しない。

瑠唯はこの怪我と話の通じなさがなければ普通の女の子である。

そもそも今日観た映画のようなエモーショナルな導入とは似ても似つかない。ああいう出会いをすれば、退屈な日常が変わるかもしれないという期待を無意識にしていたことに気が付き、白夜は顔をしかめた。

「ねぇ、カゲヤマくん」

ひやっとした手が急に触れ、白夜は「はい」と反射的に返事する。

瑠唯はじっと白夜の顔を覗きこんできた。その顔がやはり映画のワンシーンを思わせ、嫌な予感を覚える。

「あのさ、また眠れない夜、会えたら……」

――まずい。

「会えたらいいなって、思うんだけど」

――これはまずい。軌道修正をはかるかのように、物語の導入みたいな展開がきてしまう。

白夜は素早く手を引っこめた。

「ダメ。親が心配する。君は早く帰って寝たほうがいい」

「えぇー!?」

おそらく彼女も期待していただろう展開を裏切った。

――ごめん、青砥さん。僕は君の『カゲヤマ』にはなれない。

「帰ろう。家まで送るから」

「やだやだ！　まだ夜は長いよ！」

「僕は明日学校だから！」

駄々をこねる彼女の手を引っ張ると、さすがの瑠唯も渋々従った。

「そっか……カゲヤマくんは、普通の学校に通ってるんだね……」

その寂しげな声は聞かないフリをしておく。

瑠唯の家はバス停付近にあり、古野家のような白壁に黒い屋根というおもしろみのない一軒家とは違い、水色を基調とした壁に青い屋根だった。表札には『青砥』と書かれている。

――なるほど、青砥って、こういう字なのか。

「名前通り青い家だなー」

思わず口に出すと瑠唯は「え？」と驚いた。

「青？」

「うん」

「あははっ！　カゲヤマくんったら、変なこと言うねー」

笑われる意味が分からず、白夜は首をかしげる。

「うち、ペパーミントグリーンなんだよ。壁も屋根も全部ね。自慢の家なんだー」

「そんな繊細な色は知らないな……しかも夜の暗がりじゃ色なんてよく分からないよ」

「でも確かに、青砥って名字なのにペパーミントグリーンの意味が分かんないよね」

瑠唯は顔を覗きこみながら言う。その仕草はきっと彼女にとっては普通であり、そうしなくては見えないのだと思う。

この対応に慣れていない白夜にとっては気まずくなるだけだ。

「それじゃ、もう夜に出歩いたらダメだよ。危ないからね」

「えー！　せっかくの自由時間なのにぃ」

――その気持ちは分からなくないけど。

「そんな体でウロウロしてたら命がいくつあっても足りないし、もし変質者に出会ってたら大変だよ」

「まぁね、でも私ほど変なやつもいないよ。優しいね、カゲヤマくん」

ああ言えばこう言う瑠唯。

白夜はもう愛想を尽かし、適当に説得した。

「……あと、ひとりで歩くのも大変だろうし」

「あ、今バカにした！　私だってね、ひとりで歩けるように努力してるんです！」

――ダメだ。話せば話すほど地雷を踏みそう。

彼女が家に入るのを見届けずに家路の方角へ向く。そのとき。

「カゲヤマくん！」

シャツのすそを引っ張られ、わずかにバランスを崩す。

「えっと……またね」

瑠唯の目はわずかに憂いを帯びており、白夜の心に踏みこんでくる。

――またねって……また会う前提かよ。

「あぁ、はい……じゃ」

白夜はわざと睨んでみた。しかし彼女は笑っており、本当に見えてないようだった。

4

深夜二時を過ぎた。疲れを感じ、散策を諦めて家に戻る。

町は変わらず静かで、ひたすら同じ景色が広がっていた。ここから十分くらい歩けば帰れそうだ。

瑠唯の家は同じ町内だが、彼女のような子は小学生のときも中学生のときも見たことがない。

それに瑠唯の、中学の修学旅行で事故に遭ったということが本当ならば結構なニュースだろう。同じ町内なら何かしら噂になってそうなものだが。

そして『カゲヤマ』という謎の人物。

彼女の目がどの程度見えるのか確かめたが、腕一本分の距離でも表情までは見えていないようだった。

白夜の手と声で『カゲヤマ』だと勘違いするくらいなので危なっかしいと思う。そんな人間を野放しにしていいわけがない。

「……だから閉じこめられてるのか？」

そもそも目が見えない人が夜に出歩いても大丈夫なのだろうか。太陽の光が目に良くないという話は絶妙に信じられる要素だが、どうにも怪しい。

もし日頃は外に出られなくて、自由がない生活をしているのだとしたら――

「自由時間か……」

つい共感しそうになった自分を戒めるように頭を振る。

「もう関係ないしな」

物語の主人公なら、数日後にバッタリ出会うのだろう。

そんなことにはならない。

瑠唯の家は覚えたので、付近を歩かなければ彼女とは二度と会うことはないはずだ。

家にたどり着き、慎重に玄関を開け、鍵を回す音も最小限に留める。息を殺して家に上がり、トイレを済ませて部屋に向かった。

両親は白夜の夜散歩を知らない。


朝。昨晩についてとくに言及されることはなく、淡々とした時間が流れていた。

上下セットアップのカジュアルスーツに身を包んだ母がバタバタとあちこち動くのを背中で感じながら、白夜はのんびりとロールパンを食べる。

「白夜、お弁当これね」

母がテーブルの上にある青いつつみの弁当をビシッと指す。

「ん、ありがとう」

「じゃあ、仕事行ってきます！」

慌ただしく母が家を出た。朝が弱い母は家族の朝食だけ用意して、さっさと出ていく。いつもの光景だ。

「白夜」

テレビをのんびり見ていた父が声をかけてくる。

最近は在宅と出勤の日が交互にあるらしく、白夜の弁当も用意してくれる父である。

今日は在宅ワークらしい。

子どもと触れ合うのが得意というわけではないので、母がいなくなればまったく無言なのが常だった。それなのに、突然どうしたのだろうか。

父の言葉を待つように食べる手を止める。

「学校、どうだ？　もうすぐ文化祭だろ」

「え？　よく知ってたね」

仕事ばかりで小学生の頃は運動会に来ることもまちまちだった父の発言とは思えず、白夜は目をしばたたかせる。

「僕のことに興味あったんだー」

つい冷やかすように笑うと父はわずかにムッとした。

「当たり前だろ」

「だって姉ちゃんの行事で飽きたって言ってたじゃん」

両親とも姉の行事には積極的だったが、白夜のほうに目を向けてくれていた記憶がない。これこそ下の子あるあるなのだと、よその二番目っ子や真ん中っ子と話して盛り上がったこともあった。

「そんなふうに言うなよ」

「そう言ったのはそっちなんだよ。別にそれに対して恨んでるわけじゃないし、気楽にしてるよ、僕は」

居心地が悪くなり、取り繕うように言う。それからロールパンを口につっこみ、牛乳で流しこみながら席を立った。

「ごちそうさま、行ってきまーす」

「あ、待て、白夜。弁当！」

父が慌ててキッチンに置いていた弁当箱を持って追いかけてくる。

「おっと、そうだった。ごめん」

「気をつけて、行ってらっしゃい」

玄関先で父がぎこちなく言うので、白夜は噴き出して弁当を受け取った。

「お母さんみたい」

「うちの母さんはこんなことしてくれないけどな」

そのおどけた様子のおかげで、白夜はほんの少し父に寄り添えたと思った。片手を振って玄関を出る。ドアを閉め、ちらっと家を見やった。

「うーん……やっぱバレてないよな」

昨夜、家を抜け出して散歩に出ていたことを、やはり両親は気づいてないらしい。

バレて怒られたくはないが、気づかれていないというのも複雑な気分である。構ってほしいという深層心理なのだろうか。

自分の心がよく分からない。

最近、夜によく眠れなくなった。以前、父がテレビで医学系のバラエティ番組を観ていた際、不眠症について話していたこともあり、自分の行動や心理について考えることがある。

平たく言えば、不眠症は夜眠れなくなるという睡眠障害。原因は様々で、心的ストレスや身体的な不調などがある。

「まぁあんまり考えこむのは良くないな……」

白夜は思考を止めた。

瑠唯もきっと不眠症なのだろう。無理もない。あんな体で夜中に徘徊して、見ず知らずの男を自分の知り合いと勘違いしていたのだから、心にダメージを負っていてもおかしくない。

そう結論づけながら学校へ向かった。

今日は日直だったので、日誌を書いて提出しなくてはならない。

授業中や放課後は退屈病も軽減されるが、ホームルームや昼休み、自由時間は億劫だった。

今日はなんとか耐え、ひとり静かに教室の隅で日誌を書き、職員室へ行く。

「失礼します。二年四組の古野です。藤井先生いらっしゃいますか」

職員室のドアに貼られた定型文を見ながら言うと、すぐに担任がやってきた。ふくふくとした体格の中年女性教師は笑みを浮かべながら招き入れる。

「ご苦労さまです。古野くん、ありがとうね」

「別に、日直なので……」

「最近はどうですか？　昨日はなんだか機嫌が悪そうに見えたから」

「あぁ……まぁ機嫌は良くなかったかもしれません」

素直に言うと先生は「そっかそっか」と笑った。気を遣われているような響きだ。

「じゃ、失礼しました」

「あ、うん。気をつけて帰ってくださいね」

先生は何か言いたそうだったが、こちらから切り上げてしまったから何も言わない。

確かあの担任は昔、生徒をよく叱る人だったらしいが、今はそんなふうには思えないほど生徒に気を遣って口をモゴモゴさせている。

絶対に色々と思うところがあるだろうに、時代か立場のせいか、踏み込むことができない様子だった。

――僕みたいな問題児がいて困るだろうな……

そう思いつつも反省せずに学校を出た。

白夜はバスを使って通学しているが、今日は駅前周辺を歩いていた。頭上を走る電車の轟音を聞きながら大通りを外れる。それだけで人気《ひとけ》のない寂しい路地裏に変化した。

歩道のない道を歩き、よく分からない建物をいくつか通り過ぎた先に総合病院がある。

その向こう側には小洒落た隠れ家風のパン屋、定食屋、古着屋がポッポッと並んでいた。その向こうに行けば誰もが通り過ぎそうな文房具屋がある。

このあたりはこういう個人商店がもっとあったらしいというのは、姉から聞いたものだが、最近はシャッターがよく閉まっていてなんとも寂しい。

そんな道をわざわざ通りながら暇を持て余していると、病院前で白杖と出くわした。

病院から出てきたと思しき女性ふたりが白夜を見る。

「あ」

思わず声を上げると、向こうも反応した。

時が止まるも数秒後、白夜はすぐに逃げの態勢に入る。しかし、一歩遅かった。

「あっ！　カゲヤマくんだ！」

瑠唯が大声を上げ、白夜は思わず言い返した。

「なんで分かるんだよ！　や、僕はカゲヤマじゃないけども！」

昨日とは違う、シャツとスラックスという制服姿だというのになぜか気づかれた。

また昨日とは違う時間帯で出くわすことにも驚く。

――夜しか出られないって言ってたのに！

どうしようもなくなり、その場を離れようと足を浮かせた瞬間、瑠唯が前のめりに動いた。たちまち横にいた母親らしき人の声が上がる。

「瑠唯！　待ちなさい！」

あまりにも強い警告を示す声音だったので、白夜までもが立ち止まる。

瑠唯が前につんのめりかけ、母親が支えようと手を伸ばすが間に合わない。白夜は素早く動き、彼女を受け止めた。

「青砥さん……」

なんと言えばいいか分からず、瑠唯を支えて立ち上がらせる。

「カゲヤマくん、やっぱりまた会えたねー！」

転んだことをまったく気にせず、彼女は笑って白夜を見上げた。その笑顔がまぶしい。

すると、すぐに母親が駆け寄ってきた。

「あの、すみません……」

「いえ。僕も悪くて……」

――いや、僕悪くないな？

返答を間違えたと思い、すぐバツが悪くなる。ついヘラッと愛想笑いをすると、母親も困ったように微笑み、娘を見た。

「ねぇ瑠唯、急に走らないで。もうあなたは注意力が……」

「カゲヤマくん、遊びに行こうよ！」

「瑠唯！」

瑠唯は母親と会話が噛み合わないどころか、一切気にしていなかった。白夜のほうだけをずっと見つめ、ケラケラと愉快そうに笑っている。

この空気に耐えられない白夜は笑えず、頬が引きつっていくのを感じた。助けを求めるように、瑠唯の母親を見る。

しかし彼女も自由奔放な娘の扱いに手を焼いているようだった。憔悴した目元と血色の悪い肌、白髪交じりの髪の毛など、ところどころ垣間見える苦労の証を痛々しく見つめるしかなかった。

5

瑠唯が言うことを聞かないので、母親と白夜は仕方なく病院の前庭にあるベンチへ向かい、コーヒーを片手に休憩することにした。

病院内にした理由は近所に公園どころか喫茶店や商業施設がないからである。それに病院のベンチは屋根のある東屋になっているので、瑠唯の目に優しいのだった。

しかし彼女は芝生に座ってアリを探している。

振る舞いが無邪気な子どもだ。

「あなたは、瑠唯の友達？」

右横に座る小さな母親がおずおずと訊いてくる。

「あ、はい。えっと、古野白夜といいます」

――しまった。友達ということを否定する前に名乗ってしまった。

すぐに後悔し、頭を抱えた。

「カゲヤマくんじゃないの？」

瑠唯の母親が困惑気味に眉をひそめる。

「あー……はい。違います。けど、どうも青砥さんは勘違いしてるようで」

「そう……」

母親は気まずそうに緑茶のペットボトルを手の中で揉みながら、娘をぼんやり見つめる。その目は娘を慈しむものではなく、なんの色もない。

「あの子、事故に遭って、目を失ってからずっとああなんですよ」

目を失う。その言葉の重さが時間差でズンと心にのしかかる。

あの右目は暗がりでよく分からなかったが、眼球がないのだ。

そもそもあまり訊こうと思わなかったし、また見ることも避けたいくらいだったので考えていなかったが、彼女の右目は空洞なのだとはっきり分かってしまった。

彼女が悪いわけではないのに、彼女への憐れみや気まずさや謎の罪悪感が抑えられない。

そんな気鬱を感じているのか、母親は言いづらそうにも胸の内にある言葉を落とす。

「かろうじて無事だった左目もほとんど見えてないし、命があるだけ幸せだと思うことにしているけど……ね、女の子なのに、あんな」

その悲痛が伝染し、白夜はすぐにその場から逃げたくなった。

場違いだ。こんなところにいるべきではない。それなのに、足が固定されたように動けない。

「それでもそんなあの子と付き合える子、別に彼氏とか、そういうのじゃなくても友達とか、あの子のそばにいてくれる人がいたらうれしいんです。私も安心できると思う。でもそうじゃないんですよね……」

「そう、ですね……ひょんなことから出会ったばかり、と言いますか……僕は彼女のこと、ぜんぜん知らないので。ただ、事故に遭って目が見えなくなったとしか」

しどろもどろに言うと母親は「そう」と肩を落とした。

「ごめんなさいね。ご迷惑をおかけして」

「いえ……ぜんぜん」

「あの子、カゲヤマくんのことが好きだったようなんです」

母親が取り繕うように言う。

白夜は気まずさを拭いきれず苦笑した。

「はぁ……そんな感じは、なんとなく」

「修学旅行で事故に遭って……でも、一緒にいたというカゲヤマくんという子はいくら捜しても見つからなくて……亡くなってる可能性のほうが高いんです」

するとその言葉にかぶせるように、瑠唯が急に振り返って言った。

「ねー、カゲヤマくん！　こっちに来てよ！」

手を振る彼女は母親から強制されたであろう薄い色味のサングラスをかけている。光があまり良くないというのはどうも本当らしい。しかし、瑠唯が昨夜言っていたことを思い出せば若干違和感を覚える。

――なんだろう……

「カゲヤマくんってば！」

彼女はすくっと立ち上がると、白夜のほうへまっすぐ来て手を取った。ひんやりした手には土がついている。

「瑠唯、あまりワガママ言わないで」

すぐさま母親がたしなめるも瑠唯は無視し、白夜だけしか見ていない。

「ほら、こっち来て！」

白夜は彼女の手を振り払えず、仕方なく瑠唯の横に立った。無邪気な瑠唯が指し示すのは粒状の小石と産毛のような雑草が生えた地面だった。

「ほらアリ！　見える？」

「それ、アリじゃないよ」

ただの小石である。そこにアリがいるのかと思ったが、ぜんぜんそんなことはなかった。

白夜はじっと彼女の目を見つめる。サングラスの奥にある左目は自分を見ているが、どれほど見えているのかまでは分かりそうもない。

「なんだ、小石だったかー。ちぇっ。動いてたと思ったんだけど」

そう言うと瑠唯は、白夜の手を離して雑草を摘み始めた。

手持ち無沙汰になった白夜は困ったように母親へ目を向ける。

「精神科の先生が言うには、事故のショックで支離滅裂なことを言うみたいです。なので、あまり気にしないでくださいね」

目を失うという言葉に上乗せされた重たい事実に白夜は絶句した。また母親の言葉は一見冷たいが、これまでかなり苦労してきたのだと分かる諦めを感じられる。

「……どうすれば」

やっと出てきた言葉はそれだった。

どうすれば彼女を救えるのか。これを引き継ぐように母親が自嘲気味な笑みを浮かべながら答える。

「どうなんでしょうね。ずっとこのままかもしれませんし、根気よく向き合っていたら良くなるかもしれませんし……でも、今の段階ではなんとも」

白夜はすでに瑠唯の不幸から目をそらせなくなっていた。

——でも、僕なんかが関わったところでなんになる。僕は無関係だ。彼女の支えになりたいとでも思っているんだろうか。バカな考えだ。

それでもこの場で立ち去るほどの勇気はなく、ちらっと母親を見た。託すような目を向けられているのに気づき、すぐにそらす。

すると母親はコーヒーを一気に飲み干して言った。

「帰りましょう。古野くん、ごめんなさい。聞いてくれてありがとうね」

「いえ……僕は別に」

——何もできやしないんだ。彼女を救えるわけがない。

瑠唯の母親はおもむろに立ち上がり、娘の手を引く。

「帰るよ、瑠唯」

瑠唯は素直に立ち上がるも、視線は白夜に向いている。

「またね、カゲヤマくん」

手を振る彼女が痛々しい。その横にいる母親の沈鬱な表情に、白夜は不思議な焦燥にかられる。

――やめろよ。そんな顔して去ったら、僕の心や記憶にこびりつくだろ。

なぜかあの余命もの映画のワンシーンを思い出す。

悲しみの顔。幸福とは言い難い顔――幸福そうで能天気な顔をした人間を見ると苛立つ。

でも不幸のどん底にいる人に対してはそんな感情は湧かない。

じゃあ自分の居場所はもしかして、こっちなのだろうか。

「あの！」

気がついたときには足が動いていた。肝心なときには動かないのに、思考とは反対の動きをする。

「あの、青砥さん！」

親子がふり返る。白夜は思考を無視して心の向きに従い、思い切って告げた。

「僕に何か、できることはありますか？」

こんな自分にもできることがあるだろうか。

そんな思いをぶつけるように言ったが、ふたりにそう伝わっているか不安になる。

いっときの間が空く。

やがて、母親がすがるような目を向けてきた。

「瑠唯と仲良くしてくれますか？」

「はい……できるかぎり」

唾を飲んで答えると親子は揃いの笑顔を見せた。母親の安堵と瑠唯の高揚が同じ温度になり、それだけで白夜の心は軽くなる。そして気づいた。

瑠唯の不幸になぜか後ろめたさを感じていたのは、適当に生きていたからだ。

日常の退屈さ、無意味な苛立ちと倦怠感をまとい、時間を雑に過ごしていたから。

そして、瑠唯を目の当たりにして自分が情けなくなったのだろう。この罪悪感を抱えたまま解決しないのが気持ち悪かった。

それに、この再会は映画のワンシーンのような運命を感じる。

自分もきれいな生き方ができるだろうか。

西陽が強く差しこみ、瑠唯が痛そうに顔をそむける。白夜は彼女の影となり、ぎこちなく微笑んだ。

逆光で見えたかどうか分からなかったが、彼女は白夜の手を取ってそっとつぶやく。

「ありがとう」

その瞬間、素晴らしい日常への扉が開いたと白夜は本気で思った。

第二章　理想的で正しい青春の送り方

1

彼女と会うというミッションが加われば、つまらない学校も退屈せずに済むだろう。自分の居場所を見つけたことにうれしくなった白夜は、その日の授業は真面目に受けていた。

教室は焼き増しの日常が続いており、早く学校が終わることを待ちながら、誰も寄せ付けずにいる。そして終業のチャイムが鳴ったと同時に教室を出た。

「白夜、帰るのか？」

早々に教室を出ようとしたら、背後から川島に呼び止められた。

「え？　うん。用事あるし」

「そうなんだ……」

川島は何か言いたそうにしていた。するとその後ろから、二つ結びの女子がやってきて急に目くじらを立てた。

「こら、古野！　いい加減にしてよね」

「え、何？」

突然のことに驚く。そんな白夜の反応に、川島も女子生徒も顔を見合わせてため息をついた。

「何って、準備よ！　あんたもメンバーに入ってるの！」

真面目な女子生徒は、黒板横の掲示板に貼られた文化祭準備分担表を指す。

「あ……えーっと、聞いてないんだけど」

今日から文化祭の準備が始まることをすっかり忘れていた。

分担表を見る限り白夜の担当は看板作りらしいが、そもそもなんの催しをするのか知らない。表をよく見ると、二年四組は喫茶店に決まっていた。

「聞こうとしなかったんでしょ。話し合いにも参加しないし、なんか感じ悪くない？」

「まぁまぁ、矢野《やの》さん。白夜に伝えてなかった俺らも悪いって」

川島がなだめに入り、矢野は腕を組む。白夜は眉をひそめて佇み、時計を見やった。

――こんなつまらないことで足止めを食らうのはゴメンだな。

しかし、彼女の言い分も分からなくはない。クラスの和を乱すのは本意ではないが、自分の意思を無視するのはさらに不本意である。また瑠唯を待たせるのは悪い。

白夜は「あの」と困り笑いを作って矢野を見た。

「えーっと。僕、あんまり帰るのが遅くなるとダメなんだよね」

ノロノロと言葉を紡げば申し訳無さそうな空気を醸し出せた。案の定、矢野はわずかに敵意を和らげる。

「なんで？　何かどうしても外せない用事があるの？」

「うん。僕、今ちょっと病気で通院してて」

「え？　そうなの？」

矢野が面食らう。隣に立つ川島も目を見開いて驚き、口を挟んだ。

「どこか悪いのか？」

「うん……ちょっとね、最近、不眠症で」

「なんだ、夜ふかしばっかしてんだろ、どうせ」

途端に川島の表情がゆるむ。不眠症のことをまったく分かってないような言い草であり、また矢野も呆れたようだった。

しかし通院しているという事実を突きつけられては、おどけることができないのか、場の温度が少し下がる。やがて矢野は「そう」と呟いた。

「それならそうだと言ってよ」

「ごめん。白けるから、こんな話」

最低限の言葉だけで境界線を引くと、ふたりは一歩ずつ後ずさっていく。

「じゃ、今日のところはいいわ。良くなったら協力してよ」

「うん。ごめん」

――そう簡単に治るわけないだろ。

内心ではかなり苛立ちが湧いたが、ぐっとこらえて愛想笑いでごまかす。

「じゃあ、バイバイ」

「お大事に！」

心配そうな目からそそくさと逃げ出した白夜は逸る気持ちを抑え、速やかに学校を出る。

これでしばらく放課後に邪魔は入らないだろう。

2

父に「帰宅が遅くなる」と一報入れ、瑠唯の家に行く。

鉄格子の扉があり、植木がある庭付きの一戸建て。明るい時間に行くと、確かにその外観は薄い緑色だ。ペパーミントグリーンかどうかは判断できなかったが気にしない。

母親公認の友達になったので堂々とチャイムを鳴らした。すると、白夜の到着を待っていたかのように明るい声が返ってきて、瑠唯の母親が出てくる。

「さっそく来てくれたのね。ありがとう」

「いえ、そういうお話だったので。瑠唯さんは？」

「リビングにいるわ」

母親は昨日見たときより明るい顔をしていた。瑠唯を呼ぼうとふり返ると、彼女はすでに母親の後ろに控えていた。

「カゲヤマくんね！」

瑠唯がうれしそうに手を伸ばしながら玄関を下りてくる。その動きが危なっかしいので、白夜はすぐに手を伸ばして彼女を支えた。

「お待たせ」

「ねぇ、お母さん！　ちょっとそこまで散歩していいでしょ？　ねぇ、いいよね？」

言いながら彼女は履きやすいビーチサンダルを探すように足を出す。白夜はとっさにビーチサンダルを彼女の足元にずらした。察した瑠唯が白夜の肩に手を置いて笑う。

「ありがとう。優しいね」

ストレートな感情表現に不覚にも心が躍った。

そんな空気のふたりを見てか、瑠唯の母親が気まずそうに笑い、口を挟む。

「あまり遠くには行かないでね」

「大丈夫です。周辺を少し歩くだけですぐにお返しします」

白夜がすぐに言うと瑠唯が「えー！」と声を上げた。そんな彼女を連れて外に出る。

「んもう！　何よ、あの言い方！　私は物じゃないんですけどー」

玄関のドアをしっかり閉めるなり、瑠唯が文句を言う。

「ごめん。そんなつもりはなかったよ」

困惑気味に言うと彼女はおどけたように笑った。

「分かればよろしい！」

得意げに腕を組み、偉そうに言うが、視線があさっての方向である。わざとなのかわざとじゃないのか判然としない。

「はいはい」

噴き出しながら答えると、彼女は軽快な足取りで薄明《はくめい》の道に立った。

「行こ！」

手を差し出され、反射的にその手を取る。しかしふたりはその場で立ち尽くした。

「えーと、どこに行くの？」

白夜は困惑気味に訊いた。

「どこでもいいよ！」

瑠唯が満面の笑みで答える。白夜はうなだれた。

選択肢をぶん投げられると困る。しばらく考え、ふと瑠唯を見ると彼女はキラキラと目を輝かせて待っていた。小型犬のようだ。

「うん、じゃ……こっちで」

白夜は青砥家から左の方面へ足を向け、瑠唯の手を引いてゆっくり歩いた。しばらく安全な道をまっすぐ進む。

やがて屋根付きベンチが見えてきた。道路は静かだが、瑠唯はなんとなく場所が分かったのか首をかしげた。

「……で、なんでまたここ？」

バス停のベンチに座らせるなり、瑠唯は不満を口にした。

「遠くには行けないし、座れる場所ならここしかない」

「えー！　もっと冒険しようよ！　あ、ねぇ知ってる？　この町って展望台あるの！」

不機嫌かと思いきやすぐ表情を変える瑠唯。そのスピードについていくのは大変だが、この空気にどこか懐かしさを覚えた。

――姉ちゃんがいたとき、こんな感じで振り回されてたかも。

「ねぇ、カゲヤマくん。聞いてる？」

瑠唯から顔を覗きこまれ、我に返った白夜は少し顔をのけぞらせた。

「聞いてる。展望台だよね」

「うん！　行ったことある？」

「あるよ。小学生のとき、校外学習で行ったけど」

「え？」

突如、瑠唯が目を見開いて驚くので白夜は不安になった。

「え？　何？」

「え、待って……カゲヤマくん、私と同じ小学校だったよね？　私、こっちに引っ越してきたの事故に遭ってからなんだけど」

瑠唯が不思議そうに言う。

——しまった……

つい自分の話をしてしまったが、今、自分は彼女の好きだった人の代わりをしていたのだった。白夜は自分の役割を思い出し、苦し紛れに考えあぐね設定を追加させる。

「小学校、だったかな。保育園だったかも。あんまり覚えてないや。僕、小さいときはこっちに住んでたからさ」

「そっか！　なるほど！　納得！」

瑠唯は手を合わせてうんうんと頷く。

その横で白夜は冷や汗をこっそり拭った。

——危ない危ない。

「なるほどね、カゲヤマくんとは小学校からの付き合いだし、その前のことは知らないもん。ね、カゲヤマくんはどんな子だったの？」

「えー……」

話の流れからして、小学生以前の話をしなければ瑠唯は納得しないだろう。白夜は慌てて記憶の引き出しをこじ開けた。古くなった引き出しはスムーズに動かず、自然と閉口する。

白夜は幼少期からとくにこれといった特徴のない平凡な子だった。しっかり者の姉からよく怒られていたが、どれも理不尽なことばかりだったように思う。

姉と一緒に近所の公園へ行ったとき、そこに来ていた友達と遊びたいのに『白夜、離れたら承知しないよ』と脅された。母の言いつけを守らなくてはいけないという理由だろうが、それでも言い方がおそろしい。何かと我慢を強いられたり小突き回されたり、泣いてばかりの幼少期だった。

白夜は苦い思い出を脳内によぎらせ、乾いた笑いをこぼした。

「……恥ずかしくて話せないな」

「なんでよ！　その恥ずかしい思い出も思い出でしょ！　カゲヤマくんのすべてを構成する重要な要素なんだよ」

瑠唯が必死に言い、その手が太ももに当たった。

瞬間、白夜はすぐに足をそらした。

一方、瑠唯もなんだか弾かれたように手を引っこめる。

「あ……ごめん。今、変なとこ触ったかも！」

「変なとこって……いや、別にいいけど」

「いいの？　えー、やだ、カゲヤマくんったら」

瑠唯がふざけた口調でニヤニヤするので、白夜は呆れてため息をついた。

「ごめん！　ため息つかないで！　呆れてる？　ごめんね？　もうふざけたこと言わないから置いていかないで！」

瑠唯はあわあわとうろたえはじめ、白夜の表情をよく見ようと顔を近づける。そんな彼女の額をつんと指で押してみた。

「へ？」

「置いていかないよ」

押された瑠唯は目をしばたたかせ、キョトンとした。

その顔がおもしろく、白夜は小さく笑った。これに瑠唯はおろおろし、押された額を撫でながら言う。

「え？　何？　からかってる？　私、今からかわれたの!?　あー、もうなんでこの目見えないんだろ！　うすぼんやーりとしか見えないよ！」

瑠唯は両まぶたを開かせて悔しげに言った。その顔があまりにも滑稽なので、白夜はもう隠せずに噴き出した。

「ちょっと青砥さん、おもしろすぎ。すごく陽気だよね、君は」

「えー？　何ー？　不幸顔のくせに超絶陽キャじゃんって？」

今度は怒ったように目尻を吊り上げる瑠唯。百面相を披露する彼女のテンションに乗せられ、白夜は久しぶりに声を出して笑った。

「一ミリもそんなこと言ってないのに。卑屈なのか陽気なのかはっきりして」

笑いながら言えば、瑠唯もつられて笑ってくれる。ふたりでひとしきり笑ったあと、彼女は思い出したように真顔に戻った。

「で、カゲヤマくんの子どもの頃を教えてよ」

「おっと、まだその話生きてたんだ」

はぐらかせていたと思っていたが瑠唯はしつこかった。

「そんなに話したくないなら私のことを話そうか」

「ぜひそうしてくれ」

白夜はすぐに答えた。この変わり身の速さに瑠唯は不服そうに片頬をふくらませたが、すぐに話を始める。

「私ね、こう見えておとなしくて暗くて漫画ばかり読んでる子だったの」

明るくあけっぴろげに言う彼女の言葉を反芻する。

なんだか想像がつかない幼少期だと思った。そんな白夜の驚きに構わず、瑠唯は話を続ける。

「漫画が好きでねー。ファンタジーが好きだな。魔法とか冒険とか、かわいい妖精とか不思議な能力とかあるでしょ。そういうの読んでたら嫌なこととか忘れられるじゃん。学校でも家でもずっと読んでたんだよね」

「そうだったんだ……」

「でもね、こんな目になっちゃって読めなくなったの。あれだけ好きだった漫画が読めないから毎日つまらないんだよねー」

白夜は言葉に迷った。

励ましの言葉を送るべきか、同情すべきか、どうやったら彼女が傷つかない言葉をかけられるのか。瞬時に思いつかない。

その目は治らないのか、治ったらまた読めるようになるはずだよ、片方残っただけでも奇跡だから諦めずにいい方法を見つけよう……なんてどれも綺麗事のようで、絶対に口から出したくない。

映画のようなワンシーンを思わせても、自分から言うのはなんだか気が引けた。

すると、瑠唯は白夜の無言を察したのか急に笑いだす。

「あははっ！　カゲヤマくんったら深刻になりすぎ！　お願いだから笑ってよ。でないとスベったみたいになるでしょ」

「うーん……軽率に笑えなくて。ごめん。そういうときは笑っていいんだ？」

「いいの！　だってもう仕方ないじゃん。私の目は、もうすぐまったく見えなくなる。でも、それでいいの。命があるだけ幸せだし、それ以上の高望みしたらバチが当たっちゃうよ」

どうも開き直っているような口調である。瑠唯の明るさに思わず流されそうになったが、白夜は時間差で口を挟んだ。

「……ちょっと待って。もうすぐまったく見えなくなる？　どういうこと？」

「言葉のままだよ」

瑠唯は当たり前のように言うが、衝撃的な言葉に白夜の思考は追いつかない。絶句していると、瑠唯はさらに続けた。

「この左目もやっぱりダメみたい。あーあ、今さら点字覚えられるかなぁ……絶対無理なんだけど」

そう言って自分の左目を指し、笑顔を見せる。

「そんな……そんなの、幸せって言えるかよ」

確かに命があるだけ幸せなのかもしれない。しかし、これからの人生、光のない世界を歩んでいかなくてはならないのは残酷だ。

それに、他人の幸せを勝手に決めつけるのも驕っているようであり、自分が嫌になる。

「僕は、君の支えになれるかな……」

つい自信がなくなり、言葉を漏らすと瑠唯は白夜の手を取った。

「こうして横で話してくれるだけでもうれしいよ。できればずっと一緒にいてほしい。私、ずっとカゲヤマくんのことが好きだったんだから」

「……」

初めて人から好きだと言われ、白夜は驚いて目を丸くした。追いかけてくるこそばゆいものが駆け巡り、動揺を悟られないように息を吸う。

――落ち着け。

彼女のひんやりとした手を見つめ、ゆっくり顔を上げる。白夜を見る彼女の左目は、カゲヤマだけを見ているようであり、それまであったかすかな喜びが罪悪感へ変貌した。

彼女が好きなのはカゲヤマであり、白夜ではない。

「本当に僕でいいの？」

自嘲気味に笑って訊くも、瑠唯は「うん！」と明るく返事する。

――だましてることになるのかな、これ。

彼女の明るい笑顔を見ていると、どんどん自分の行いに後ろめたさを感じてしまう。

しかし、ここで「もう会えない」なんて言ったら、彼女の希望がなくなってしまうのは目に見えて明らかだった。

嘘でもいいから彼女の支えになれたらいい。なぜそんな感情が湧くのか不思議だったが、この空気に飲まれて彼女の手を取ってしまう。

「分かった。青砥さん、よろしくね」

「え！　それってもしかして、付き合ってくれるってこと？」

「……うん」

「あれ？　ちょっと今考えたよね？　もしかしてニュアンスが違う？　友達として付き合うってこと？　それとも恋人？」

矢継ぎ早に聞かれるたび瑠唯の顔が近づく。

白夜は彼女の肩をおさえ、落ち着かせた。

「付き合う。付き合おう。いや、付き合ってください……が正しい？」

言いながら恥ずかしくなり、おどけるように言うと瑠唯もくすくす笑った。

「ありがとう！」

瑠唯はうれしそうだが、すぐに白夜から手を離した。

「青砥さん？」

「でもね、私のことは本気で好きにならないで」

「え？　どうして？」

すかさず訊くと彼女は寂しそうに目を伏せた。

「だってこの左目、見えなくなるし。そう、見えなくなるまででいいの。こんな私に付き合わせるカゲヤマくんがかわいそうだし……それにさ、こんな顔の私を愛せる？」

さきほどと言ってることが違う。急降下した彼女の気分についていけず、白夜は困惑を隠せずにいた。その際、瑠唯の母親が言っていたことを思い出す。

――事故のショックで支離滅裂なことを言うみたいです。

彼女の言葉が支離滅裂なのは事故のせいだ。白夜はどうにか彼女の心に寄り添おうと言葉を考えた。

「顔とか、目が見えないとか、そういうのは関係ないと思う」

「え？」

「大事なのは中身だよ。大丈夫。安心して」

平然と言うには照れくさかったが、ぎこちなく言うと嘘っぽくなる。声音一つで印象が変わる言葉をうまく紡ぐことができたか不安になった。

「優しいんだね、カゲヤマくん」

瑠唯はニッコリと笑った。どうやら素直に伝わったようだ。

「でもね、目が見えなくなったらもう誰にも会わないつもりなの。だから……それまで付き合ってほしいな」

やんわりと静かに突き放された気がした。しかし、心のどこかではホッと安堵している。そんな自分を絶対に見せてはいけない。

白夜は口に溜まっていた唾液といっしょに覚悟を呑みこんだ。

「分かった……そうする。君の願いを叶えるよ」

「なんでも？」

「うん、なんでも」

すんなり答えると、瑠唯はニタッといやらしく笑った。その笑みに不信感を覚え、白夜は眉をひそめる。

「え、何？」

「ふっふっふー。なんでもするって言ったね？　なんでもしてもらうよ」

なんだか指をにぎにぎと動かす瑠唯。彼女の不穏な声音や動作にピンとこない白夜は首をかしげるしかない。これに瑠唯はすぐに居住まいを正した。

「カゲヤマくん、なんでもするっていうこのくだり、ピンときてないね？」

「え？」

「なんでもするって言ったら、どんな卑猥なことも全部まるっと受け止めてやらせてくれなきゃいけないの。だから『なんでもするって言ったけど、そういうのは違う！』って必死に抵抗しなきゃいけないところ。そういう流れでしょ」

「ごめん、言ってることが一つも分からない……」

白夜は頭を掻いた。たちまち瑠唯の表情が暗くなるので慌てて取り繕う。

「だいたい、青砥さんがいやらしいことをやるの想像つかないんだけど」

「ねぇ、そんな本気のトーンで言うのやめて！　こっちが恥ずかしくなる！」

「いや、言ったのはそっちだからね？」

瑠唯の空回りようを見るのがおもしろく、白夜は噴き出しながら言う。

一方、瑠唯は頭を抱えて地団駄を踏んだ。

「あぁもう非オタはこれだから！　え、何？　その天然ぶり、意味分かんないんですけど。言ったこっちが恥ずかしくなるって反則じゃん！」

ジタバタする瑠唯はまるで駄々をこねる子どものよう。やはり彼女のコロコロ変わる表情は見てて飽きず、白夜も調子を取り戻した。早口で何かをブツブツ言っている彼女に話しかける。

「瑠唯」

「何⁉　って、え？　急に呼び捨て⁉」

瑠唯が驚いて振り向く。白夜は瑠唯の頬に手をやり、見つめてみた。

「瑠唯の言うことって、こういうの？」

時が止まる。瑠唯の目に白夜の顔が映る。

やがて彼女は顔を真っ赤にさせて取り乱した。

首筋がドクドクと速く動いていく瑠唯の脈を感じる。たちまち熱を帯びていく彼女の顔を白夜はじっくり見つめた。

これまでとは逆の構図になったことで、ようやく主導権を握ったような感覚になる。

瑠唯はしばらく口をパクパクさせて言った。

「からかっ……て、る！　からかってるよね⁉」

やっと出た声が甲高い。さっと顔をのけぞらせる彼女の動きがやはりおもしろく、白夜は瑠唯の頬に当てていた手をパッと広げて見せると笑った。

「からかってみた」

「なんっ……そんな、そんなこと平気でやっちゃうタイプじゃなかったでしょ！　カゲヤマくん、急に大人びてる！　こわい！」

「こわいって……いやらしいことやらせようとしたのは瑠唯なのに」

地味に傷つき、白夜は笑いを引っこめる。内心では自分の行動に恥ずかしさを感じはじめていた頃だった。

「本気で嫌だったらごめん。調子に乗った」

「え？　ううん。てか謝らないでよ！　あははは！　あーもう、そうそう、その調子で私のお願い聞いてよね」

無理やりにも程がある軌道修正をした瑠唯。

白夜は「分かった」と答え、腕を組んだ。

「それで、瑠唯のお願いって何？」

「もうその呼び方で定着しちゃうのね」

瑠唯はモゴモゴと恥ずかしがっているが、白夜は素知らぬフリをして話を続けた。

「瑠唯の目が見えなくなるまでにやりたいこと、全部やろうよ。見たいものとかあるでしょ」

「うーん……そうね、急に言われると思いつかない」

自由奔放な瑠唯のあっけらかんとした答えに白夜は呆れた。

「まぁ、漫画ばかり読んでた子だったわけだからな……」

「あ、バカにした！　思い出の場所くらい私にもありますー！」

「じゃあ、そういう思い出の場所とか、行きたかったとことか行こうよ」

前向きに言ってみると、彼女はふくれっ面をやめて逡巡するように宙を見つめた。

「……じゃあ、海」

「海だけ？」

「星空も見たい。あの展望台からの景色。あとは修学旅行で行ったネモフィラの花畑」

　どんどん勢いを戻す瑠唯のお願い事に、白夜は目をしばたたかせた。

「えっと、結構あるね？」

「あるよ、いっぱいある。ほんとは夢のために行きたかったとことか。海外にも行きたかったなぁー。パリの凱旋門とか、ピサの斜塔とか、ビッグベン、自由の女神！」

　指折り数えて言う彼女のテンションがだんだん高くなる。

「全部デカイ建物……そんなに行ける気はしないな。お金がない」

「分かってるよ！　でも行きたかったよ。行って生の景色を見たかった。でも叶えられる範囲のもので大丈夫。展望台には行きたいけどね！」

　瑠唯はにっと笑って白夜を見た。しかしどうも釈然としない白夜はなおも訊く。

「高い建物に興味があるの……？」

　すると、瑠唯は笑顔を崩し、白夜から目をそらした。

「別にそうじゃないけど、大きいものならまだ見えるだろうから」

「なるほど？」

　その感覚がいまいち分からないが、白夜はスマートフォンを出し、海や星空、花畑が見られる場所を検索した。どうやら電車やバスを使えば行ける範囲に揃っており、家に帰ってじっくり計画を立てようと考える。

「あ、そうだ。カゲヤマくん。連絡先教えてよ」

「あー、うん。いい、よ……」

そう言いかけて止まる。

メールアドレスや電話番号は本名で登録している。彼女の目がどれほど見えているか分からないが、文字の識別がまだできる範囲ならば本名がバレるのはまずい。

「SNSのIDでいい？」

本名ではあるが『白夜』というアカウント名なので、ごまかしがきくだろう。

「うん、いいよー。私もメール使わないし、アプリが楽。無料通話もできるし」

瑠唯もあっさり承諾し、互いのアカウントIDだけを交換する。

瑠唯のアカウント名はローマ字で『RUI』とあり、分かりやすかった。

「『白夜』……？　なんか中二病っぽいね」

瑠唯はスマートフォンの画面を目の近くに持っていき、じっくりと文字を読むと、のほほんと笑いながら言う。

——本名なんですけどね……

そうツッコミたいところだがぐっとこらえる。そんな白夜の心情をつゆ知らず、瑠唯は続けた。

「まぁいいや。それじゃ、カゲヤマくん。私が連絡したら絶対に来てね。絶対だよ。

いつでもどこでもすっ飛んできて」

「さすがに学校があるときは無理だよ」

「あっ、そっか。カゲヤマくんって普通の高校だったよね。大丈夫、それはさすがに私も控えるし。校則厳しい感じなら、放課後以降に連絡するよ、なるべく」

瑠唯はスマートフォンをポケットに仕舞いながらあっさり言う。

本当だろうか。白夜は怪しむように彼女を見ながら言った。

「瑠唯の学校は校則厳しくないの？　夜間だったよね？」

「え？」

瑠唯が顔を上げる。一瞬戸惑うように左目が揺れたが、すぐに調子を取り戻した。

「そうそう！　うちは大丈夫！　校則ゆるゆるだから！」

「ふうん……そうなんだ」

「帰りとか迎えにきてほしいなぁ」

上目遣いに言う瑠唯。それもお願いのうちに入るのだろうか。白夜は困惑気味に笑いながら頷いた。

「分かった」

——夜散歩のついでだからいいか。

「わーい！　やったぁ！」

瑠唯ははしゃぐように両手を上げた。

ふと白夜は昨夜のことを思い出す。

「じゃあ昨日の夜、あの森にいたのって、学校帰りだったの？」

夜間学校がどんな時間割で何時に終わるのか知らないので、ほんの好奇心で訊ねた。

すると瑠唯は髪の毛を触りながら「そうそう」と適当に答える。

それきり彼女から夜間学校の話は出てこないので、白夜は話を切り上げた。

3

瑠唯を家まで送り届け、自宅に帰る。両親と顔を合わせて夕飯を食べる時間は、ほとんど瑠唯のことで頭がいっぱいだった。

「白夜、これおいしい？」

父が里芋の煮ころがしを食べながら訊いてくるが「うん」と生返事する。

「白夜、もっとお父さんと話してあげてよ」

母がそう言うが、これにも「うん」と頷くだけで会話は広がらない。

父とどう話したらいいか分からないし、学校のことだったら話すことがないのだ。

早々に食事を終え、席を立つ。

「ごちそうさま」

「もういいの？」

母が慌てて訊く。

「うん」

「もう、さっきからそればかり。食欲ない？　お父さんが白夜のために作った里芋、どうだった？　おいしかった？」

「母さん、いいんだよ。昨日の朝、話したしなぁ、白夜」

父のなだめるような言葉が背中に当たるが、白夜はさっと皿を水洗いして食洗機に置くと「風呂入る」とだけ告げてリビングから出た。

両親と向き合うのは面倒だ。母はあの通り、こちらのペースを考えずに話をする。また、両親とはどうにも気まずいので顔を合わせる気も起きない。

それに頭の中は瑠唯のことでいっぱいだ。湯船に浸かり、ぼんやりと考える。

彼女の言動がめちゃくちゃなのは、事故のショックだと思う。現に会話がたまに成り立たない部分があるし、また彼女の距離の詰め方も少し変だ。

気分の移り変わりが激しいのだろう。ちょっとからかったら恥ずかしそうに顔を赤くしていたのも、普通の女の子と変わらない様子だったが……

「やばい」

白夜は湯船に沈んだ。自分の行動をふり返ると、悶絶するほど恥ずかしくなり、湯の中に沈むしかない。だがすぐ苦しくなり、湯船から上がる。

「あー、バカやろう。ほんとバカすぎる。どうかしてる」

今まで恋なんてしたことがなかった。

人を本気で好きになって、男女の関係を結ぶことを想像することはあっても自分に置き換えてみることはない。

そういうのは自然と始まるか、なりゆきで始まるものであり、まだそういうことをする時期ではないとも思う。

同級生の中には付き合っている生徒もいるが、彼らがどんな付き合い方をしているか知らない。

「ていうか瑠唯とは本気にならないって決めたし。本気になれるわけないだろ」

そもそも、自分は本名すら明かせない立場。期間限定の付き合いでしかなく、また彼女とはそういう『ごっこ遊び』にしかならない。

「あんまりああいうことするのやめよ……」

場の空気に飲まれてはいけない。瑠唯のペースに振り回されてもいけない。

そう言い聞かせ、火照った体を冷ますために水を浴びたあと、さっさと入浴を済ませて部屋に上がった。

翌日も翌々日も白夜は放課後、必ず瑠唯の家に向かった。

心配そうな母親が目を光らせている間の瑠唯は自由奔放に振る舞い、ワガママを言うことがしばしばあったが、ふたりきりになると落ち着くというのが分かってきた。

一階の和室が瑠唯の部屋となっており、そこで寝起きしているらしい。しかし、多くの荷物は二階にもある。その瑠唯の部屋には通されず、基本はリビングで会っていた。

また、会っても視覚的なこと――漫画や本、映画などは楽しめないので、もっぱら会話がメインである。

しかし会話にも限度があり、そもそも白夜は学校のことを話さないし、瑠唯も聞きたがらないので、話題が尽きてしまう。

仕方なく最近観た映画の話や読書が趣味であることを話せば、彼女の理想のカゲヤマ像と合致していたので場をつなぐことに成功した。

そうして探り探り、瑠唯との距離を縮めていく。

また白夜はここ毎夜、両親が寝静まる前にスマートフォンのメモ機能に瑠唯の性格や言動パターンを記録していた。『カゲヤマ』の設定をメモすることで、瑠唯の想い人に近づける気がしている。

『カゲヤマくんはおとなしくて真面目』『目立つ人じゃないけど、優しくて漫画や小説、映画が好きでよく一緒に話した』『ちょっと天然』など瑠唯が言ったことをおさらいし、彼女に会いに行く。次第にこれが板につき、だんだん自然体で話せるようになった。

ふと我に返ると、随分と面倒なことをしていると思う。

しかし今までの無気力な生活と比べたら楽しいもので、瑠唯も自分も楽しいのならそれでいいと思い至るまでそう時間はかからなかった。

瑠唯と出会って一週間が過ぎ、話題が尽きた頃のこと。

「ねぇ、展望台行かない？　今からだったら金星がすっごくキレイに見えるらしいよ！　昨日お父さんが言ってたの！」

急に瑠唯が無邪気に言い、リビングから出ようとする。

この日は家でたわいない話をしていたのだが、ふと瑠唯が窓の外を見ながら言ったのだ。

お茶の用意をしていた母親が「瑠唯」と声をかけるが、彼女はどこ吹く風で窓を開け放つ。

「ね！　今なら陽が落ちていいお天気だよ」

これに白夜は母親をちらりと見た。

「夕飯までにはお返しします」

「そう？　あなたになら任せられるけど……でももうお夕飯の時間じゃない？　親御さんは大丈夫なの？」

「あ、それは大丈夫です。今、文化祭準備期間だから遅くなるという話をしてるので」

白夜は愛想よく笑って答える。これに母親は心配そうながらもゆっくり頷いた。

「分かったわ。あまり遠くには行かないでね。絶対に」

「はい。任せてください。瑠唯、行こうか」

瑠唯はパッと華やぐような笑顔を見せて、玄関へ向かった。外に出て、やや熱が引いた空気に触れる。呼吸すると、なんだか赤い夕焼けを吸いこむような感覚になる。

夜がぐんぐん近づいていた。一番星が輝いているのがすぐに分かり、白夜はじっと星を見つめる。

「瑠唯、見える？」

彼女は白夜の横に立ち「どこー？」と背伸びして目を凝らす。白夜はまっすぐに星の位置へ人差し指を向けた。

「あそこ」

「うーん……うん、多分キレイなんだろうなぁ」

瑠唯があやふやな言い方をする。どうやら見えていないようだった。

「そんな感じで星空や夜景を見に行けるの？」

からかうように訊いてみると、彼女は片頬をふくらませて白夜を見た。

「見れますー！」

「ほんとかな……瑠唯の視界がどの程度なのか分かんないんだけど」

せっかくならキレイな景色を見てもらいたいものだが、あいにく白夜の目は正常なので、目が見えないという感覚がいまいちつかめない。

瑠唯は「うーん」と困惑し、腕を組んだ。

「どの程度……って言ったらいいんだろ。言葉にできない」

「例えば左側だけしか見えない、とか。その左の目もぼやけてるのか、ある一点ははっきり見えるのかとか」

「分かんない……なんかぼんやりしてる。視界が狭いのかなぁ」

どうも自分の視界については話したがらない瑠唯はうつむき、拗ねた。

「とにかくあの一番星は見えないんだな」

仕方なく白夜はあっさりと結論を出した。

濃い群青色の空には三日月と一番星が無造作に縫い付けられているかのように配置され、美しく瞬いている。あれが見えないのはやはり気の毒だ。

「そうだ！」

唐突に瑠唯が声を上げる。静かな住宅地に彼女の声がこだまし、白夜は思わず周辺を見渡した。

「どうしたの？」

たしなめるように声のトーンを落として訊くも、瑠唯はまったく気にすることなく笑って一歩踏み出す。

「明日、定期検診なんだけどさ、カゲヤマくんも一緒にきてよ」

「え？　僕も？」

「そしたら私の視界が分かるかも！」

その提案にはあまり乗れない。白夜は困ったように首筋を掻き「うーん」と唸った。

「部外者の僕が行っていいの？」

「いいに決まってるじゃん！　私の彼氏ですって紹介するよ」

「それは恥ずかしいからダメ」

間髪を容れずに言えば、瑠唯は笑い顔のまま止まった。しょんぼりと肩を落とす。

「そっかぁ……じゃあ学校終わったら迎えにきてよ。ね！　それならいいでしょ？」

彼女は気を取り直すように元気よく言い、白夜の手を取った。ひんやりとした彼女の指が心地よい。

白夜ももう彼女のボディタッチに慣れており、いちいち驚かなくなっている。

「そうだね……分かった。そうする」

承諾すると彼女はたちまち笑顔になった。

「本当によく笑うよね、瑠唯は」

「えへへー。だって、うれしいんだもん」

彼女の天真爛漫さに目がくらみそうになる。

「うれしいの？」

「うん！　カゲヤマくんがいてくれるだけでうれしい。今までずっとひとりだったからねー……って、この話すると暗くなっちゃう！　やめよやめよ」

瑠唯は笑顔のまま話をやめた。たしかに暗い話をすると場が白けてしまうことはある。そういう場面をやり過ごしてきたこともあり、白夜も深くは聞けなかった。

明るく元気な瑠唯の右顔半分がちらりと見えれば痛々しい。その笑顔は無理をしているようには見えないが、彼女の身に起きた悲惨さとアンバランスであり、そのたびに白夜は気まずく思うのだった。

やはり聞くべきじゃないか、そう考え思い切って口を開く。

「ねぇ、瑠唯」

「なーに？」

声をかけると瑠唯は上目遣いをし、白夜の顔を左目だけで追う。焦点が合い、彼女のきらめく瞳がまっすぐに白夜の目を貫く。

——本当はつらい思いを隠してるんじゃないか？

言葉がうまく出てこない。これを言うと彼女のきらびやかな笑顔も明るさも無邪気さもすべてなくなってしまうのではないかと思い、喉がつまる。

「海、いつ行こうか？」

脈絡のない言葉を探した結果、そんな言葉が飛び出した。しかし瑠唯の笑顔は変わらず、むしろテンションも上がっていった。

「そうだねぇ。いつにしよっか。お母さんがうるさいから、どうにかして説得しなきゃだし……でもこれだけお母さんに信頼されてるカゲヤマくんとなら、行ってもいいよって言われるかも」

瑠唯は早口で言った。

「ね、海に行く前にお母さんを説得してくれる？」

「僕が？」

「うん。だって、私の話なんて絶対に聞いてくれないもん。いつもいつも遠くへ行っちゃダメ、家から出るな、じっとしてろーって言われる」

「確かに、言ってるよね」

「ねー！　ほんと嫌になっちゃう！」

瑠唯は腕を組んで不機嫌そうに唇をとがらせる。

彼女の話をあの母親がすんなり聞くかどうか怪しい。だが、瑠唯は事故のショックで気分がコロコロと変わるので話にならないことがしばしば。

そこまで考えて白夜は、妙な違和感を覚える。

「……まぁ、そういうことなら頑張るよ」

ひとまず承諾すれば瑠唯は「わーい！」と手を上げて喜んだ。

そこで母親が遠慮がちに窓を開けてきた。

「夕飯の時間よ」

「あ、はい！　すみません！　瑠唯、部屋に戻ろう」

素早く反応した白夜は、瑠唯の手を引く。

瑠唯はガッカリとした様子で「嫌！」と言ったが、ぎゅっと彼女の手を握れば仕方なさそうについてきた。

「せっかくならお夕飯、一緒にどう？」

母親が気を遣うように言ってきたが、そこまでお世話になるわけにいかないので、白夜はさっさと家から出た。

空は秋仕様に移行して、十九時前には陽を落とす。それなのに地球を覆う熱は夏のままで、どうにもちぐはぐな気候だ。衣替えするには早すぎる気温に辟易するも、この夏がずっと続けばいいのにと考えてしまう自分もいる。

白夜はゆっくりと家路を目指した。

時間が止まったような気温なのに、無情にも季節はいつの間にか変化しているようで、言いようのない寂寥感を覚えた。

そんな中、白夜はずっと思考を巡らせている。それはやはり家族との夕飯や入浴時間、両親が寝静まるまでの微妙な時間でもそうだった。

瑠唯の言動をメモしながら、白夜は頭を抱える。

「まさかとは思うけどな……」

そうつぶやきながら、何気なくスマートフォンでインターネットを開き、メンタルヘルスなどの文言で検索をかけた。ほどなくして【事故のショック】というキーワードから【PTSD《ピーティーエスディー》】という言葉に行き着く。

【PTSDとは、Post《ポスト》 Traumatic《トラウマティック》 Stress《ストレス》 Disorder《ディスオーダー》の略。命を脅かすほどの強い心的外傷体験をし、時間が経過したあともフラッシュバックしたり、悪夢などで再体験したりする。また体験したことを繰り返さないよう回避したり、否定的な思考や気分、怒りっぽさや不眠などの症状が現れる】

はっきりとした確証はないが、当てはまる部分があると思う。それに、自分のいないところで瑠唯が苦しんでいるかもしれないことは想像できる。

さらに調べていると、別の症状に行き着いた。

【離人感・現実感消失症《げんじつかんしょうしつしょう》とは、身体・精神から自分が切り離されたような感覚が持続的または反復的にあること】

これはなんだか想像がしにくく、すぐにページを消した。

「僕と一緒のときは普通だよな……」

母親を前にしたときとは違って、受け答えも言動もしっかりしている。ただ白夜を『カゲヤマ』だと思いこんでいることはあるが、それ以外は聞き分けがいい。クラスの同級生と接しているような感覚さえある。

「……分からないな」

ここずっと授業中は寝ているかぼんやりしているかなので、久しぶりに頭を使うとすぐに疲労を感じた。今日はもう寝ようとベッドに入る。

そのとき、何気なく開いたSNSを見ていたら急に瑠唯からのメッセージが画面上部に現れた。

【来て】

深夜零時、唐突に短い言葉で招集がかかり、白夜はガバッと飛び起きた。

「マジか……まさか本当に真夜中に呼び出しがくるとは」

連絡したら絶対に来てほしいと言われたが、こんな夜更けにもその約束は有効なのだろうか。

白夜は少し迷いながら【どうしたの？】と返事をする。だが目が見えない彼女がメッセージを読めるのだろうか。

少し待ってみるも、なかなか返事はこない。その代わりメッセージの既読表示はついている。

たった一言のメッセージだけなのが妙な不穏さを帯びる。何かあったのだろうか。母親とケンカでもしたのだろうか。

なんにせよ、彼女のＳＯＳなのだと察知した白夜はそっと家の様子を見た。

母が階段を上がるようなスリッパの音がし、素早くベッドに潜りこむ。

やがて母はドアをノックしてきた。返事はしなかったが、寝返りだけを打つ。すると母は寝室に向かったようで、ドアを閉める音がした。

白夜はしばらくそのまま息を殺す。母の寝息までは感知することは不可能だが、数秒待ったあと、ゆっくり静かに外へ行く準備を始めた。

4

Ｔシャツとジャージという格好で外に出る。夜もこもった熱のせいで蒸し暑い。途中の自販機でペットボトルのスポーツ飲料を買い、常夜灯の明かりを頼りに道を歩く。

やはり夜の散歩は窮屈な世界から解放されるような爽快さがあり、たとえ鬱陶しい熱があっても特別感を覚える。

瑠唯はあれきりメッセージを寄越さない。おそらく家に来いという意味なのだと思い、白夜はなるべく早足で青砥家まで向かった。

途中、スマートフォンを確認するも瑠唯からのメッセージはまったく来る気配がないので、ひとまず自分からメッセージを送った。

【もうすぐ着くよ】

するとすぐに既読となるが、それでも返事はない。

やがて家が見えてきたが、周辺に瑠唯らしき人物は見当たらなかった。

「あれ？」

青砥家の周りをくまなく探すも、彼女の姿を視界に捉えることができない。

【どこにいるの？】

メッセージを送ると、近くでアプリの通知音がピコンと鳴った。周囲を見渡す。

「あ、いた」

瑠唯は自宅から少し離れた曲角からこっそり白夜を見ていた。白夜はスマートフォンの明かりを使って自分の位置を示すように手を振り、瑠唯のもとへ向かった。

「どうしたの？　こんな夜中に」

「遅いよ……」

質問の答えとは違う言葉に白夜は戸惑う。

「瑠唯？　どうした？」

顔を覗きこまないと、彼女の表情がよく見えなかった。うつむく瑠唯はなんだか不安そうで、表情が暗い。いつもの彼女に思えなかった。

「カゲヤマくん……どこにも行かないでね」

「え？　どうしたの、急に……」

なんのことだかさっぱり分からず驚くと、彼女は慌てて目尻を拭うような仕草をする。まつげが濡れている。

「ううん、ちょっと怖い夢見たの。カゲヤマくんが光の中へ消えてしまう夢」

「何それ……怖かったの？」

「うん」

思わず噴き出しそうになったが、瑠唯の真剣な表情を見てすぐに笑いを引っこめた。しかし彼女には見えていないはずである。咳払いしてごまかす。

「それでこんな夜中に抜け出して、僕を呼んだの？」

「ごめん……カゲヤマくんがどこにも行かないか確認したくて。私の前からいなくならないよね？　約束、守ってくれるよね？」

震え声の瑠唯は白夜の手を探ろうと伸ばす。白夜はその手を取り、ぎゅっと握った。震えている。その瞬間、彼女を抱きしめたい気分になったが、ぐっとこらえた。

「いなく、ならないよ。でも期限付きの関係だろ、僕たちって」

「そうだけど……私のお願いを聞いてくれるまでは、絶対にいなくならないで」

「分かったよ。大丈夫。大丈夫だから」

白夜はやれやれと息をついた。宙を見上げると、微弱な星の瞬きが広がっている。

一方で瑠唯は涙を拭い、落ち着きを取り戻したようだった。

「カゲヤマくん……？」

空を見上げているのに気がついたのか瑠唯が呼ぶ。白夜は反応せず、星の瞬きから真っ暗な丘を見やった。

「瑠唯」

「何？」

「展望台、行く？」

「えっ？」

思いつきを口にしたら、彼女は驚きつつもうれしそうに破顔した。

手をつなぎ、ゆっくりとそのまま夜道に消える。手をつないでいれば、彼女も白杖なしで動けるようで、すっかり元気を取り戻したようだった。

黒いアスファルトの道路は自分たち以外の人間は誰も存在していないかのようで、世界でたったふたりきりのようだと錯覚した。それでも現実を思い出させるように車が静かに前から走ってきたので、白夜はさっと瑠唯を隠すように立ち止まった。

こんな時間に未成年が歩いていると言われたら……ヒヤリとしたが、車は無関心そうに横切っていく。

安心した白夜は忍び笑いし、先を進んだ。

「そこ、雑草がいっぱいだから気をつけて」

狭い道を歩く際、白夜は時折瑠唯に声をかけながら歩いた。

やがて瑠唯が静かに口を開く。

「ねぇ、カゲヤマくん」

「ん？」

「急にどうして展望台に行く気になったの？」

「瑠唯がかわいいから」

すぐさま答え、ハッとする。思考とは別の言葉が飛び出したことに自分で驚き、握っていた手のひらが熱くなる。

瑠唯も驚いたのか後ろで「へぇ」と困惑気味な反応をした。

「えーっと、その、瑠唯が僕のことを頼りにしてくれてるのが分かってさ、えーっと、それで健気だなぁって思って」

「かわいかったんだ？　男の子ってよく分かんないな」

――僕もよく分からないです……

心の中で恥ずかしさに耐える。もし瑠唯が顔を覗きこんでも、この表情を読み取れやしないだろう。

瑠唯は握る手の位置をわずかに変え、白夜の指に自分の指を絡めた。ちらっと目を向けると、瑠唯は「えへへ」と照れくさそうに笑って言う。

「恋人つなぎ、やってみたかったんだよね」

「そうなんだ……」

「なんか、夜ってちょっと不思議な感覚になるよね。いつもと違うように思える」

瑠唯は恥ずかしかったのか、白夜の目を見ずに話す。白夜もまた照れくさくなり、ぶっきらぼうに言う。

「そうだね。こんなとこ、クラスのやつらには見せられないし」

「そういうの恥ずかしい？」

「うん。すっごく恥ずかしい。自分がこんなことできるやつだとも思ってない」

それなのに、どうしてかこの瞬間はもう少し彼女と一緒にいたい。

いつも元気な瑠唯の泣き顔があまりにも切なく、自分を頼りにしてくれているというだけでうれしかった。自分がこれほど単純な人間だったとは思いもせず、呆れてしまうがそれでも今だけは彼女の手を離したくない。

瑠唯に対する妙な勘ぐりもバカバカしくなり、とにかく展望台を目指して歩く。逸る気持ちを抑えて自由が広がる夜空を泳ぐ。そんな感覚でゆっくりと進んだ。

ゆるやかな坂道は瑠唯に合わせて休憩を挟みながら行く。

白夜は持っていたスポーツ飲料を飲んだ。その音を聞いたのか、瑠唯が「いいなー」と言う。

「何が？」

「それ、何飲んでるの？」

「ただのスポーツドリンク」

「飲みたい！」

瑠唯はおねだりするように上目遣いに見た。

「え……飲みかけ、だけど。いいの？」

「うん」

白夜は戸惑った。ペットボトルはもう少しだけしか残っていない。

「いいんだな？」

「しつこいなー。私も喉渇いたの！」

瑠唯が大きな声で言い、白夜は慌てて周囲を見渡した。人はいないが、近所迷惑になりかねない。しぶしぶペットボトルを瑠唯に渡した。

蓋を器用に開け、おいしそうにスポーツ飲料を飲む瑠唯。

白夜は心臓の鼓動が勝手に速くなるのに忌々しさを覚えた。瑠唯に悟られないよう、慎重に深呼吸する。

「おいしかった！」

そう言うと瑠唯は空のペットボトルを渡した。白夜はそれを受け取って、思い切りつぶすとジャージのポケットに入れた。

「じゃ、行こっか」

再び瑠唯の手を取って歩く。そうしてトラウマの急勾配が目の前に立ちふさがった。

「カゲヤマくん？」

ふと足を止めた白夜に瑠唯が不思議そうに問う。

「どうしたの？」

「ここから急な坂道に入る」

「うん」

「僕は昔、これを上って吐いた」

「うわ、ホントに？　それは……大変そうだね」

瑠唯がげんなりと肩を落とす。白夜も坂を見て急激にこの熱が冷めそうになったが、なんとか気を取り直して瑠唯の手を改めて握った。

「行こう」

「うん」

瑠唯は覚悟を決めたように大きく頷く。そしてふたりは無理せず、真っ暗な急勾配をゆっくり上がった。中腹まで行けば、ふたりの息が重なる。

あまりにも長くつらい道のりに負けそうになるも、白夜と瑠唯は懸命に坂を上った。

「カゲヤマくん」

「……」

「大丈夫？」

「だい、じょう、ぶ」

切れ切れに話すほど息が上がる。

「この坂、すごく大変だね……険しすぎる。カゲヤマくんったら、体力なさすぎ」

瑠唯は笑いつつも、いつもの明るさはなく、呼吸を挟みながら言った。

一方で白夜は話をする余裕はないが、頭の中ではきれいな星空を想像しており、早く瑠唯に見せたい一心だった。

ふたりで見る景色はきっと素晴らしいものに違いない。

だから早く見たい。

それなのに坂が阻み、足が重くなるばかり。気持ちと体がうまく噛み合わず、白夜は肩で息をしながら上った。

「うっ……まだつかないの？」

瑠唯もかなりつらいようで、時折立ち止まってしまう。白夜は逸る気持ちを抑え、瑠唯の手をつかんで先へ促した。

「あと少しだ」

それは自分にも言い聞かせるようだった。瑠唯が「うん」と不満そうにうなずき、上がった息のままなんとか足を持ち上げる。

「はぁ……ついた」

白夜は瑠唯を引っ張り上げるように丘に上がる。そして、その場で崩れた。

「きゃっ！　カゲヤマくん！　大丈夫⁉」

驚いた瑠唯が声を上げるが、バランスを崩して白夜の横に倒れた。

乾いたアスファルトの上でふたりは息を切らしながら寝転び、顔を見合わせる。

「大丈夫？　吐く？　吐きそうなの？」

瑠唯が大げさに訊くので、白夜は噴き出して笑った。息切れしたまま笑うとむせてしまい、胸がぎゅっと絞られるように痛んだが、それでも笑えた。

「ははっ！　やっと上ってやった……！　トラウマ克服だ」

そう言って拳を突き上げるも、体はかなり疲労を感じていて、しばらく立ち上がれそうにない。

そうしておどける白夜に対し、瑠唯もようやく安心したのか寝転んだまま肩を震わせて笑う。

「ふふ」

瑠唯がくすくす笑うので白夜も口角が上がる。それをごまかすように慌てて顔をそらした。

その先にぼんやりと白い円柱形の展望台があったが、そこまで行く気力はまだない。しばらく呼吸を整えることに専念した。

「カゲヤマくん、すごく息切れしてるね。大丈夫？」

「普段、体育サボってるから、そのツケかな」

白夜は汗を拭いながら言う。

瑠唯は「なにそれー」と楽しげに笑い、アスファルトの地面を撫でた。

「私、こんな固いとこで寝転んだこと、一回しかない」

「事故のとき？」

「そう」

「思い出す？」

つい訊くと瑠唯は「うーん」と逡巡するように唸った。

「まぁ、でも……今、上書きされた。私もトラウマ克服かも」

そう言って瑠唯は夜空を見上げた。白夜も空を見つめるが、あいにく空は先程までのキレイな黒ではなく、ぼんやりとした雲が漂っていた。

同時に自分の目も曇るような気がして、さっきまでの高揚が徐々に冷めていく。

「……せっかく来たのに」

そのつぶやきは彼女には聞こえていない。

瑠唯は笑顔で空を見つめながら言った。

「キレイだね！」

白夜は複雑な気持ちになるも、彼女の言葉に合わせる。

「あぁ、キレイだね」

満天とは言えない夜空に、ほんの少しの悔しさを投げた。

やがて、瑠唯は体が痛くなったのか起き上がると白夜を置いてふらりと一歩踏み出す。そして、白夜のほうを見て困ったように笑った。

「杖、置いてきちゃったから歩けない。展望台、上りたい」

「待って。もうちょっと休憩させて」

「もう！　カゲヤマくん早く起きてよ。十分休憩したでしょ！」

そう言うと瑠唯は白夜の頭の前に座り、顔を覗きこんでくる。

視界が彼女の顔でいっぱいになり、無愛想な夜空を見なくて済んだ。

そんな白夜の胸中に気づくことはない瑠唯が不機嫌そうに白夜の両頬を軽く叩く。

「ほーら、早く立って！」

「やだ。まだこのままがいい」

「汚れちゃうでしょ！」

「いいの」

ぷいっと顔をそらすも、瑠唯の両手が頬をつかむので目をそらせなくなる。

夜の暗がりで瑠唯の顔を見ていると調子が狂う。

なめらかな肌、長いまつげ、つややかな唇、純粋な目。それは左右非対称でやはりアンバランスだ。

彼女の失ったものが大きすぎて、触れるのをためらってしまう。

しかし、本当はそんなことを考えなくてもいいのだろう。白夜はおそるおそる瑠唯の右顔を指先で撫でた。

「えっ？　カゲヤマくん？」

そう呼ばれるたび、なぜか胸が締め付けられる。

「カゲヤマくんってば。どうしたの？　本当に大丈夫？」

もう隠せない。

この気持ちは、きっと恋だ。

「大丈夫……もう大丈夫」

白夜はシャツの胸元を握り、深呼吸して起き上がった。体についた汚れを気にせず、立ち上がると瑠唯の手を引いて展望台へ向かった。

星空は残念だったが、夜景ならキレイだろう。そう期待しながら展望台のてっぺんを目指して螺旋階段を上がる。

瑠唯は足元がよく見えないようで、一緒に慎重になって数分かけて階段をのぼり、ようやく広い場所に出る。コンクリートのタイルには湿った枯れ葉やゴミがあった。

白夜は瑠唯が歩く場所を確保するため、それらを足でどかしながら手すりまで進む。

「カゲヤマくん、展望台のてっぺん？　ここ、てっぺんなの？」

「うん。もうすぐ手すりだから」

月とほのかな町の明かりが見えたのか、瑠唯が「あ！」と顔をほころばせて駆け出す。白夜は彼女の動きに合わせて手すりまで向かう。

ちょうど白夜の胸あたりまでの手すりから見える景色は、想像よりも美しくなかった。

点々とした光の粒はまばらで、遠くに黒い山がそびえる。その向こうにある海は遠すぎて水面は見えない。月も頼りなく、強い光を帯びる金星も山に近くて大した光源にならなかった。

「……瑠唯、見える？」

白夜は気落ちした声で訊いた。

「ごめん。やっぱり僕が見せてやれるものがしょぼすぎる……期待に沿えてないかも」

「カゲヤマくんはこの景色がダメだと思うの？」

瑠唯が不思議そうに訊く。声のトーンや言葉で白夜の気持ちを察したらしい。

「ここまで来るときは期待してたんだ。きっとキレイな景色が見えるって」

白夜は暗いトーンで言った。

これに対し瑠唯はなぜか愉快そうに笑う。

「ふふっ。確かに、百万ドルの夜景じゃないかもだけど」

「百万ドル……なんだっけ、北海道の夜景？」

「そう。目が見えてた頃にテレビで見たことがある。そりゃここは北海道じゃないからそんな夜景は見られないけどさ」

瑠唯の声も先程の明るさはない。

白夜の心はだんだんつぶれそうになる。

うつむいていると、瑠唯が白夜の手を両手で握った。

「私、カゲヤマくんと一緒に見る景色ならなんでもいいんだよ」

「えっ?」

瑠唯の手と言葉が同時に白夜に触れ、顔を上げる。彼女はまっすぐな瞳を向けて言った。

「大事なのは外見じゃなくて中身って言ってくれたでしょ? あのとき、私ね、すごくうれしかった。だからさ、誰と見るか、じゃない?」

瑠唯の目が頼りない夜の明かりに照らされ、キラリと光る。白夜は彼女の目をまっすぐ見つめ、目をしばたたかせた。

真っ黒だった夜が月明かりを増し、わずかに黄色みを帯びた紺色になっていく。しっかりと夜は動いているのに、なぜだかこの瞬間が永遠のものだと感じられた。

それなのに、彼女が見ている世界は自分とは違うものだ。

彼女はカゲヤマに話している。

「そう、だね」

白夜はタイルの境界線を踏み、瑠唯の手をしっかり取って近づいた。

彼女の理想とするカゲヤマとして振る舞わなくてはならない。

「ごめん瑠唯。白けるようなこと言って」

「ううん。カゲヤマくんが一生懸命なのは伝わる。見えなくても分かるよ。だから、もっと他にもいろんな景色と、もっと素直なカゲヤマくんも見せてほしい」

「素直な……？」

少し不安になり、彼女の手から離れようとするも瑠唯が離してくれない。

「そう。変な私にここまで親身になってくれるのはうれしいけど、やっぱりどこか壁があったっていうか……でも、こうしてここまで連れ出してくれて、いろんなあなたを知れた。私がかわいそうだからって遠慮しないでほしい。気を遣わないで、普通の女の子として見てほしいの」

瑠唯の真剣な声が白夜の胸を打つ。

確かに気を遣ってごまかして、壁や境界線を作っていた。

傷つけないように、と強く思うあまり、キレイな言葉や愛想のいい表情を貼り付けて接していた部分がある。

――だって、僕はカゲヤマじゃない。

瑠唯の勘違いはまだ続いている。すでに心の境界線は消えていたが、罪悪感だけは残っていた。

それに彼女の好意を古野白夜として受け取りたいと思ってしまうのは、邪な感情だと思える。

白夜は瑠唯に悟られないよう満天の夜を見上げて息を吸った。

「努力するよ」

白夜は複雑な思いを隠して笑った。すると瑠唯は噴き出し「なにそれ」と呆れ口調で呟く。

理想通りにいかない青春にいつまでも気落ちしているわけにいかない。

未熟な景色を改めて見る。

キレイじゃなくても、今この瞬間だけは死ぬまで忘れられないと思った。

第三章　この世界を最後に焼き付けて

1

恋がどんなものかはっきりとは分からない。

可視化できるものではないが、自分のこの気持ちが恋であるのかどうか確かめたくなり、スマートフォンで調べた。

どれもこれも恋であると断定してくる。

しかしネットの知識に踊らされるのは癪だったので、白夜は放課後、駅前の小さな書店へ立ち寄ることにした。

誰にも呼び止められないよう、とくに川島に見つからないように急いで教室を出る。

そうして誰もが文化祭の準備に勤しもうとするなか、ひとり下校することに成功した。

ゆったりとした昼下がりの駅前を早足で歩き、角のビルの一階にある書店へ入る。

しかし恋愛を定義するような書籍を見つけることができず、あちこちを見て回った。

小説コーナーへ入ってしまい、冷やかすように棚をざっと見る。

その一角にカラフルな表紙の文庫本が並んでいた。

ピンク色の表紙は気が引ける。しかし青なら問題ないと思い、こっそり手に取った。

それは余命わずかな主人公と心を閉ざした少女の青春恋愛物語のようだった。あらすじと冒頭だけを読み、少し考える。

――まぁ、家にあるものは飽きたしな……

なぜか脳内で購入の言い訳を考える。

――それに瑠唯との会話にも使えるかも。

やはり購入する理由を明確にしなくては気が済まない。そうして一冊だけ買い、スクールバッグに入れて店を出た。


翌日、白夜は朝の読書時間から新しい本を読み始めた。

脳内で映像を浮かべながら読むタイプなので遅読であると自負しているのだが、十分間の読書時間で数十ページほど進んだ。展開が早く、閉じるにはキリが悪い。

白夜は授業中もずっと本を読みふけった。

「おーい」

川島に突然声をかけられ、白夜はハッと顔を上げると本を机の中に入れた。

「え？　何？　どうした？」

「どうしたじゃねぇよ。めちゃくちゃ真剣に読むじゃん。何読んでるの？」

川島が人懐っこく訊いてくる。

白夜は周囲を見た。川島と最近つるんでいる男子がいない。そのせいで白夜のところへ来たのだろうか。

「なんだよ、関係ないだろ」

ついぶっきらぼうに言うも、川島は気にせず訊いてくる。

「いいじゃん。授業中も読んでるし、よっぽどおもしろいやつなんだろ？」

そう言って川島は無遠慮に白夜の机の中に手を入れた。

「おい！」

こういうことは夏休み前なら日常茶飯事だった。

しかし今は違う。

川島に奪われた本を取り返そうとしたが、あまり大騒ぎしたくないので席についたまま手を伸ばす。

川島はおもしろがり、本を開いた。彼の好奇心たっぷりな目が、不思議そうな目つきに変わり、首をかしげてページをパラパラめくった。

「ん……？　何これ」

「返せって」

「白夜、趣味変わったのか？　これ恋愛もの？」

「うるさい！　返せって言ってるだろ！」

苛立ちからか、急に声帯が大きく開いたように叫ぶ。

川島は驚き、止まった。

周囲がしんとし、白夜はすぐに川島の手から本を取り返す。

「ちょっとからかっただけだろ」

川島はへらりと笑った。それに対し、白夜は嫌悪感をあらわに睨んだ。

「川島ー」

教室のドアから男子が呼ぶ。この空気に気づかないような明るい声音だったので、それをきっかけにクラスの雰囲気が元に戻った。

川島もすぐに動き、男子のもとへ向かう。白夜は本をスクールバッグの中に入れ、机に突っ伏した。

今までにない行動をしてしまい、その羞恥が脳内を巡らせていた。不快感といっしょにため息をつき、次の授業の準備をする。

横や前後に座る生徒たちはこころなしか白夜から距離を取っていた。

――ほっといてくれ。

周囲でヒソヒソと話す声が聞こえるが、気にしないことにする。やがて国語の教師が現れ、チャイムが鳴る。

白夜はうつむいたまま授業を受けた。

――瑠唯に会いたいな……

窓の外を見るといい天気で、青空が広がっている。

それなのに心は暗黒に染まるようで、すぐに瑠唯の顔を思い浮かべては浄化しようとする。

とにかく学校は居心地が悪い。

2

文化祭の準備は着々と進んでおり、どんどん教室の後方にある棚の上は当日の衣装や小道具、作りかけの飾り付けなんかでごった返している。それでも授業は通常通り行われ、お祭りと授業の切り替えが大変だった。

後方に座る女子生徒たちが数学の授業中、衣装の縫い物をしており、教師に叱責されるという事件が起き、そのときばかりは白夜も目を覚まして態度を改めた。

運が良かったのか、教師は女子生徒を叱るために残りの授業時間を説教に費やしていたが、白夜の居眠りについて言及しなかった。

――授業中にやるなよな……迷惑すぎる。

そんなことを考える始末であり、無関係を装ってその時間をやり過ごした。

しかし、それが仇となったのか清掃の時間中にぼんやりと廊下の掃き掃除をしていると、横を通り過ぎる女子の集団から舌打ちされた。

「え？」

最初は聞き間違いかと思ったのだが、女子たちがくすくす笑いながら白夜が掃いた塵の上を踏んで行ったので、わざとなのだと気がついた。

「うわ……」

一気に気分が萎える。面倒だが踏みつけられた塵をもう一度集め直した。そうして掃除が一段落すると、唐突に後ろから呼ばれた。

「古野ー」

ふり返ると、底抜けに明るいタイプの男子がおり、白夜とは気が合わない空気である。確か文化祭実行委員。そんな彼が教室の入口に立ち、廊下の白夜に言った。

「今日は帰るなよ」

「え？」

「おまえさすがに勝手すぎ。今日だって先生に怒られたの、あいつらのせいってだけじゃないからな」

あいつらというのは、さっきゴミを踏んだ性悪の女子だろう。白夜は意味が分からず首をかしげた。

その態度が癪に障ったのか、男子は長いため息をついた。

「文化祭の準備。何かと理由つけてサボってさ、部活やってるやつも我慢して準備に顔だしてんだぜ。それでも授業中にやらないと終わんねーの。分からない？」

そう言われるとどうにも答えが難しく、黙って愛想笑いするしかない。

「何へラへラしてんだよ」

「ごめん」

すぐに謝るも、男子は苛立ちをぶつけるように怒鳴った。

「おまえがいると教室の空気が悪いんだよ！」

教室にいた生徒、廊下に出ていた生徒、他のクラスの者も動きを止めた。これに男子はバツが悪くなったのか咳払いして気を落ち着かせる。

しかし、言われたほうである白夜は落ち着けるわけがなく、自分でも分かるくらい顔をしかめた。

「なんだよ」

引っこみがつかなくなったのか男子が挑発的に言う。そのとき、白夜はその顔に唾を吐くイメージをした。瞬時に我に返り、ぐっとこらえる。

――落ち着け。

今日の午前中みたいに騒ぎたくない。しかし苛立ちは止まらない。

男子は眉をひそめ、もう話は終わったとばかりに背中を向ける。

「ったく、意味分かんねぇ。ダルッ」

吐き捨てるような言葉が耳に届く。限界だった。頭に血が上り、その無防備な背中に思わず持っていた箒を振り上げそうになる。

「白夜！」

すぐに川島の声がかかり、白夜の動きが止まる。近くにいたおとなしそうな女子が不安そうに固まっている。川島の驚きに満ちた目が白夜を非難するように見ていた。

「何やってんだよ、白夜」

すぐに近づく川島は白夜から箒を取り上げる。殴られそうになった男子は時間差で振り返り、引きつった顔を向けていた。

「……ごめん」

痛い沈黙後、白夜は苛立ちをこらえようと押し殺した声で謝った。それでもこの場の空気は悪くなるのがわかる。

「確かに、おまえの言う通りだな。僕がいると空気が悪い」

白夜は吐き捨てるように言った。

「僕、文化祭の参加、したくない」

「白夜」

川島が困惑気味に声をかける。しかし何を言ったらいいか分からないようで、そのあとが続かない。その間にどんどん周囲がざわついていき、収拾がつかなくなってきた。

「けんか？」

「空気悪すぎ」

「古野が悪いのに殴りかかってた」

「最低」

そんな声がざわめきに紛れているように思え、急激に焦りが回るもまだ冷めない苛立ちのせいで神経に障る。気分が悪い。

「文化祭に参加したくないってなんだよ。拗ねてんのかよ。ガキじゃあるまいし、バカかよ」

男子は乱暴に言う。その言葉は素直に白夜の胸を突き刺した。すると、黙っていた川島が慌てて白夜の前に立つ。

「澤村《さわむら》、白夜のやつ、最近不眠症らしいんだ。それでイライラしてるだけなんだよ。そうだよな、白夜」

川島は男子のほうをなだめに向かった。白夜の感情よりも彼の感情のほうが共感しやすかったのだろう。

午前中のこともある。白夜は居たたまれず、その場から逃げ出した。

「おい、古野！　おまえ、そこまで言うなら絶対に参加すんなよ！　分かったな！」

突き刺すような言葉が廊下に響くも振り返らなかった。

教室での振る舞いには気をつけていたが、こういうイベントになると気配を消す行為もままならなくなるらしい。邪魔にならないよう逃げていたことが仇となっている。

そもそも全員で一つの目標に向けて何かをするのは効率的ではない。ひとり欠けるだけで和が乱れ、不満が爆発して誰かに向けられる。それこそ馬鹿げていると思うのに、彼らにはそれが分からない。

しかし、素直にみんなの輪に入って役割を全うすれば良かったと後悔する自分もいる。ひねくれた感情であえて孤独を選ばず、クラスの一部として適当にみんなに合わせていれば良かったのだ。

「ガキじゃあるまいしな……バカすぎる」

澤村の言葉を反復し、白夜はそのまま学校を出た。

これから微妙な空気のまま文化祭の準備が行われるのだろう。明日、クラスメイトたちと顔を合わせるのが面倒になってくる。

家が見えてきた。荷物は全部学校に置いてきてしまったが、スマートフォンだけはスラックスのポケットに入れていたので問題はない。ただ鍵がないので仕方なく玄関チャイムを鳴らすと、在宅ワークの父が顔を出した。

「白夜、おかえり。鍵は？　ていうか、バッグは？」

「置いてきた」

白夜は荒々しく靴を脱ぎ、まっすぐ階段を上がった。

「おい、白夜！　何かあったのかー？」

その声を遮るようにドアを閉め、白夜はベッドに飛びこんだ。

スマートフォンでSNSのアプリを開く。フォロワーもフォローしている相手もいないクローズドのアカウントを久しぶりに開いた。

瑠唯に出会ってからもちょこちょこつぶやきを残していたもので、最後の投稿はあの未熟な夜を撮影した写真である。

白夜はその写真を見ずに、画面を連打してつぶやいた。

【ムカつく】

そしてスマートフォンを裏返し、そのまま枕に顔をうずめた。


「白夜！」

母から揺さぶられるまで、いつの間にか寝入っていたことに気が付かなかった。

「ん……何？」

寝ぼけ眼で見ると、スーツ姿の母とエプロンをつけた父が不安そうに見ている。

「早退したって聞いたから、様子を見にきてみれば……驚かせないでよ、倒れてるかと思ったでしょ」

「そんなわけないじゃん、大げさだな」

白夜は母を押しのけた。それに対し、父がムッとするが何も言わない。

母は白夜の顔を窺い、困惑気味に言った。

「学校で何かあったの？ 先生から話を聞いても要領を得ないし」

「学校に電話したの？」

思わず声が裏返った。そんな白夜の様子に両親が目を丸くする。

「やっぱり何かあったの？ あなた、クラスの子に殴りかかったそうじゃない」

そこまで話が進んでいるとは。白夜は苦笑した。

「別に殴ってないよ。怪我もさせてない。停学にはならないと思うけど、まぁ明日呼び出されるかもしれない」

投げやりに言うも、両親は何か言いたそうな顔で口をつぐんだ。その態度に、苛立ちがよみがえってくる。

「僕、文化祭参加できないから」

「どうしてそうなったのよ」

「知らない。いつの間にかそうなってた。あはは。だいたいさぁ、あんなバカ騒ぎ、無意味だろ。勉強しろよ。みんなで一致団結しようとか、寒くてやってらんないだけ」

「白夜、あなた本当に変よ」

母がついに口を挟んだ。すると後ろで父が「母さん」とたしなめる。そして白夜に向かって穏やかに言った。

「白夜、ごめんな。でもおまえのことが心配なんだよ」

何に対しての「ごめん」なのか分からない。

——毎日夜、外に出てるのも知らないくせに。

白夜は両親から背を向け、スマートフォンを取るとベッドから出た。

「ちょっと白夜、どこ行くの」

母が追いかけようとするも、捕まらないよう素早く階段を下りて家を飛び出す。

ただ無意識に向かったのは、瑠唯の家だった。

奇跡的に彼女が気づいてくれて、家から出てきてくれたらいいのに。そんな望みはすぐに打ち消す。

目が見えないのに自分の姿に気づいてくれるわけがない。第一、こんな情けないところを見せたくもない。

自分は瑠唯の希望でいなくてはいけない。彼女を不安にさせるのは不本意だ。それに、今日は瑠唯と会う約束はしていない。

白夜はスマートフォンを見つめた。背中から差しこむ西陽がぐんぐん沈んでいくのを感じる。瑠唯を呼び出すことはせず、くるりと振り返って歩き出した。

太陽がすでに落ち、水彩画のようにぼやけた赤と群青が広がっている。

ざわつく夜がやってくる。

心と同じように暗いあの森へ足が向いていた。

今日も森は人気《ひとけ》がなく、ひっそりとしており、孤独な人間を手招いているようだ。

誘われるままに鬱蒼とした黒い木々の中へ入り、白夜はようやく一息ついた。

古ぼけた神社の前まで来て、壁に背中を預けて座る。

「だる……」

何もかもが面倒だった。ずっとここにいたい。

そう思っていても持っていたスマートフォンが音を鳴らし、うるさかった。両親からの電話が鳴り止まない。白夜は電源をオフにし、そのまま膝に顔をうずめた。

3

どうしてこうなったのだろう。

考えてもその明確な分岐点が分からず、心のモヤモヤが消化できない。むしろどんどん大きくなっているような気がした。

昔から人付き合いは姉より苦手だったが、いじめられたり問題を起こしたりしなかった。反面、突出した個性はなく、いてもいなくても同じような存在だった。

親しくしている友人はいても、長期休みや土日に遊ぶような仲の友人はいない。趣味もとくにない。人と盛り上がるような話題を持ちかけることも、巧みな話術があるわけでもない。

だったらやはりその場にいてもいなくても同じなのだ。それなのに和を乱せば、目の敵にされる。それが怖くて今までおとなしくしていただけに過ぎない。

漠然と恐怖に襲われた。

自分に何もないことに焦る。それからだろうか、夜が眠れなくなったのは——

「カゲヤマくん？」

そう呼ぶのはひとりしかいない。思考の中をかいくぐるような少女の声がし、白夜は顔を上げた。

「瑠唯……」

数メートル先に瑠唯がひとりでいる。

「やっぱり、カゲヤマくんだ！　あー、良かった」

どうして彼女がここにいるのだろう。

白杖を持つ彼女は、今日はどこかに出かけていたのか薄ピンク色と花柄のワンピースと大きなつばの麦わら帽子、色付きメガネ、そして右顔を隠すような化粧を施している。

「どうしたの、瑠唯。なんか今日、すごくかわいいね」

笑って佇む彼女にこちらの落ちこみを悟られないよう、白夜は平静を装った声で言った。立ち上がろうと手を地面につく。

「ありがとう。今日はカウンセリングだから、お母さんにお化粧してもらったの。やっぱりこの傷、隠したいからさ」

瑠唯は麦わら帽子のつばをつまんではにかんだ。

「カゲヤマくんはどうしたの？　何か、あった？」

その言葉が心配の気を帯びていたので、白夜は中腰のまま止まった。

その代わりに、瑠唯が杖をつきながら近づいてくる。やがて彼女は白夜の前に立つと杖を支えにしてしゃがんだ。

「カゲヤマくん、大丈夫？」

その優しい声に、白夜はその場に座りこんだ。うつむいて苦笑しながら答える。

「えー、なんで？　別に大丈夫だけど」

「嘘。声がちょっと震えてる。微妙に怒ってる感じもある」

自分ではそんなつもりはなかった。気づかれるとは思わない。瑠唯の言葉に逆らえなくなり、白夜はため息をついた。

「なんで分かるの」

「ほら、やっぱり。私、この目になってから聴覚がかなり発達したのよ」

「はぁ……まいったな。喋ったらボロが出そうでこわい」

なおもおどけるように言う。しかし、自分でも分かるくらい声が震えていた。

「いいじゃん。素直なカゲヤマくんを見せてって言ったでしょ。私たちは対等なんだからさ。それに私ばかり情けなくはしゃいだり、恥ずかしいこと言ったりしてるの、なんか悔しいもん」

「あはは、自覚あったんだ」

もう声がかすれていた。息が詰まる。

言葉にしたいと思っても喉元で止まってしまう。

苦しい。恥ずかしい。幻滅されたくない。

話したところで微妙な反応をされるのが怖い。

自分の悩みなんてちっぽけだと笑い飛ばされるのも嫌だ。

いろんな思いがこみ上げ、やはり飲みこむことを選ぶ。

すると、ひんやりとした手が白夜の頬を包んだ。

「瑠唯……？」

彼女はそのまま不器用に白夜の目元を親指でこする。

「あれ？　泣いてなかった」

涙を確認したのだろうか。あてが外れたので瑠唯は照れくさそうに笑った。

そのせいで目尻から一筋、冷たい涙が落ちた。

あわてて瑠唯の手を離して顔をそむける。

「カゲヤマくん、別にかっこつけなくていいってば」

「バカ、そんなこと言われても無理」

「バカ⁉」

瑠唯が驚いて尻もちをつく。白夜は顔をそらし、目尻を拭いながらすぐに訂正した。

「ごめん、バカじゃない。でも、なんで……あー、くそっ。やっぱり、瑠唯のバカ」

「えー……もう、なんなのよ。感情が複雑すぎるよ、君は」

不満そうだが、おどけた調子の瑠唯である。その優しさが余計につらかった。

「かっこつけてるとか、そんなんじゃないんだ。でもまぁ、確かにダサいから言えない」

ただ、思いを吐き出すともっとつらくなる。そんな気がして言えない。

それでも瑠唯は踏みこみたいのか、その場に座りこんでなおも説得を試みてくる。

「何があったか分かんないけど……少しは私にそのつらい気持ちとか分けてくれてもいいよ。ほら、痛みを分け合う感じ？　そういうものでしょ、支え合うっていうのははさ」

「漫画の読みすぎ」

白夜は頑なに拒んだ。ここまで言えば彼女も諦めてくれるだろう。

「な！　その言い方はいただけないよ!?」

案の定、瑠唯は怒ったようにツッコミを入れた。

「もー、カゲヤマくん」

――カゲヤマ……か。

そう呼ばれるたびに違う自分が憑依するような感覚になる。今の自分は古野白夜ではないのだと突きつけられる。

「がんばれ、カゲヤマくん。カゲヤマくんの思いを、さぁ、私にぶつけるんだ！」

瑠唯が胸を叩いて言う。

その大仰な仕草を見て、白夜は顔をしかめながらも口を開いた。

カゲヤマとしてなら言えるかもしれない。

「……学校で、ちょっと」

「うん。僕、実は……いてもいなくてもいい存在で。今、文化祭の準備してるんだけど、なんか面倒でサボってばかりでさ」

瑠唯の相槌が心地よかったが、それでも声はあまり乗り気ではなく、ゆっくりと低く話を続ける。

「ほら、みんなで一緒にやろうって空気が……どうにも」

「分かる。私もほっといてよーって思ったことある」

「うん。そんな感じ」

瑠唯の声音は気を遣っている節がない。白夜はちらりと彼女を見やった。

彼女は見えないからか目を伏せていた。視線がぶつからないことが少しだけ救いとなり、その距離感が妙にちょうどよかった。

「なんだろうな。昔はちゃんとできてたんだ。みんなと合わせられてた。でも、なんか最近……眠れなくて、それでイライラして、親にも当たるし。反発しても気を遣われてるのが分かって、その困った顔されるのがダルくて」

「うん。気を遣われるの、癪だよね」

「そう。でも、だからといって幸せそうな顔されるのも嫌で……ムカつくっていうか」

「学校？」

すると瑠唯は「分かる」と軽い口調で返した。

「ほんとに分かってる？　なんか僕、最悪なこと言ってない？」

「分かるよ。だってこっちは真剣に悩んでるし、もやもやが止まらないっていうのにさ、他人が幸せそうな顔してたらムカつくし、壊したくなっちゃう。分かるよ……私もそうだから」

最後のほうは寂しそうな声音だった。そんな瑠唯の顔を見ると、彼女も視線に気づいたのか伏せていた顔を上げた。

「私もね、そうだよ。だから大丈夫。カゲヤマくんはおかしくないし最悪じゃない。多分、それって普通だと思う」

そう言いながら瑠唯は力なく笑った。

「でも、そうやって自分を責めちゃうのはさ、カゲヤマくんがすごく優しい人なんだってことだよ。私は……そうなれない」

「瑠唯？」

「ううん、なんでもない」

一瞬だけ彼女の顔色が良くないように思えたが、笑ってごまかされた。

「私のことよりもカゲヤマくんの悩みだよ！　そのクラスの人たち、カゲヤマくんの切り取った部分しか知らないわけでしょ？　私、怒鳴りこんでやろうか？　カゲヤマくんは優しくていい人なんですけどー！　って」

「いや、マジでそれだけはやめて」

急にふざけた調子で言い出すので、白夜は慌てて止めた。顔を見合わせると同時に噴き出してしまう。

「私たち、似てるんだね」

ふいに瑠唯がつぶやく。

「そうなのかな……」

「だって、私が笑ってもカゲヤマくんはイライラしないでしょ？」

「え、それは……そうか」

釈然としなかったが、確かに瑠唯が笑ってもイライラしないし、むしろ安心する。

どれだけ対等だと言い聞かせても、やはり彼女を傷つけたくないという気持ちは強く、急な呼び出しも振り回されるのも面倒に思わない。

それは彼女が不幸を背負っているからだと思う。

だけど、それ以外の理由もあるかもしれない。

「似てるのかな」

改めて言うと瑠唯は「そうだよ」と断言した。

「少なくとも、こんな変な私に付き合ってくれてる時点であなたは私と似ているんだと思う。なんかこう……通じるものがあるのかもしれないんだよね」

「通じるもの……」

「夜、徘徊するとことか」

瑠唯が真面目な口調で言う。その真剣さがなぜか無性におもしろく感じ、白夜は思い切り噴き出した。

「それは、そうかも」

「でしょ？　あの夜がなければ私たちは出会えなかったんだし」

まさに彼女の言う通りで、覆す言葉が見つからない。それにあの出会いも今にして思えば運命的なものを感じる。

「早く、大人になりたい」

「え？」

瑠唯が訊き返してくる。白夜は小さくため息をついた。

「大人になればこの町を容易に出られるだろ。別に家族が嫌いなわけじゃないけど……もっと自由に生きられるのかなって思って」

学校の窮屈さ、無意味なしがらみ、どこにも行けない自分。すべてが嫌になり、そんな言葉が口をついて出てきた。

これに瑠唯は「うーん」とどうにも反応が悪い。

「でも、私たちって来年には大人でしょ？　十八歳から成人だもん」

「そうだけど……なんというか、自分たちで金を稼いで食べていけるようになる、というか、そんな未来が早くきたらいいなって思っただけ」

白夜は呆れ混じりの息をつき、腐った社殿にもたれた。急に現実的なことを言われたので、なんだか悩みが馬鹿らしくなってきている。

そんな白夜に対し、瑠唯は分かったような分からないような曖昧な返事をした。

「ふーん。でもまぁ、私は大人になっても結局どこにも行けないけどね。もっと不自由になっていくんだよ」

「あ……」

白夜は目をつむって後悔した。

――しまった、失言だった。

「ごめん、瑠唯。そんなつもりじゃ」

「ううん。だってこれは私の都合だよ。それに光のない世界を歩くのはとても怖いし。周りにも迷惑かけまくるだろうし。だったら家にいたほうがいいなって思うんだよねー。両親には悪いけど、一生面倒見てもらうつもり！」

明るげに言い、表情も笑顔である。彼女はすでに割り切っているらしく、白夜はまたも落ちこんだ。

「なんだよ……いっちょ前に大人ぶって」

「カゲヤマくんが子どもっぽいだけだよー」

そう言って瑠唯は白夜の頬をつついた。

「痛い痛い」

「痛くないって。ふふっ、カゲヤマくんのほっぺた柔らかいねー」

「セクハラ勘弁」

「私たち、付き合ってるんだから別にいいでしょ！」

瑠唯の指を払おうとしたが、確かに彼女の言う通りだと思い直す。

白夜が動きを止めたので、瑠唯は楽しそうに腕や頭を触ってきた。そんな彼女の好きなようにさせておき、白夜はふと気になったことを訊いてみた。

「普通の恋人って、何するんだろ？」

「えー？　そりゃデートしたり、デートしたり……キス、したり？」

「デートとキスだけ？」

呆れて笑うと、瑠唯も愉快そうに笑った。

「そりゃそうだよ！　ほかに何があるの？」

「ほか……」

白夜は腕を組んで逡巡した。デートとキス以外にもあるにはあるが、それを口にするのははばかられる。それに自分が観る映画や小説にも過剰なスキンシップはない。

やはりこれくらいがちょうどいいのだろうか。

白夜は瑠唯をちらりと見てすぐに目をそらした。

しかし、このわずかな間を瑠唯は逃さない。

「今、私を見た？」

「見てない」

「見た！　その反応は見た！　何よぅ、教えてよ！　何考えてたの⁉」

――言えるわけないだろ！

瑠唯の指先攻撃を避けるように顔を覆う。しかし、瑠唯はしつこかった。

「カーゲーヤーマーくん！　もしかしていやらしいこと考えてたのー？　そうなのー？」

「察してるんなら訊くなよ！」

慌てて言うと声が裏返り、瑠唯から逃げるように背を向ける。

そのとき、腕が当たったのか白夜の背後にあった小さな社がボロボロと崩れたような気がした。

「えっ⁉　うわっ！」

驚いて横に倒れ、どうにか倒壊を防ぐ。しかし、瑠唯はその異変に気づくのが遅く、白夜の頬に指を向けた格好でバランスを崩した。

「きゃっ！」

白夜の上に瑠唯が覆いかぶさる形で倒れた。彼女の顔は幾度となく間近で見てきた。だから、息がぶつかる距離にいても緊張しないはずだった。

「……………」

互いに言葉が出てこない。

唇が触れ合う距離にいる。瑠唯の瞳が白夜をまっすぐ見つめており、その瞳から自分の顔が見えるほどだった。

時が止まる。

瑠唯の困惑した顔がかわいくて、心臓が早鐘を打った。

思わず頬に手を伸ばすと、瑠唯はわずかに震えた。

互いの緊張が混ざり合う。

瑠唯はそっとまぶたを閉じた。

それが合図だと思った白夜も静かに顔を上げて近づいてみる。

そのとき、森の向こうで誰かの話し声が聞こえてきた。瞬時にふたりはその場に固まり、息を殺す。若い男女の会話が近づき、やがて遠ざかるまでそのままの体勢でいた。

「……ごめん」

言ったのは瑠唯だった。

「いや、あの、僕も」

「なんでカゲヤマくんが謝るの。私が倒れたばかりに……ね、あーもう！　びっくりしちゃった！　急に倒れるんだもん」

瑠唯は顔を両手で扇いだ。

白夜もようやく立ち上がり、崩れかけた社を見る。

「なんだよ、ちょっと壁の板が外れただけか……危ないなー」

「何？　お社を壊したの⁉」

瑠唯が驚きの声を上げる。

「壊してない！　倒壊してないし！　こんなの、どうってことないって」

「バチが当たらなきゃいいけどねぇ」

そう言う瑠唯の顔がニヤけている。

白夜は顔をしかめて鼻息を飛ばした。

「当たってたまるか。こんなボロ神社」

「バチ当たりだねぇ」

なおも瑠唯は笑うので、白夜は少し不安になってくる。彼女の見えない位置で社に向かい、小さく手を合わせた。

4

翌日午前中、白夜は総合病院のカウンセリングルームにいた。

白夜の心身を案じた両親が無理やり予約を入れたので、半ば連行される形で向かった病院は瑠唯が通院しているところと同じ。

まずは母と医者、白夜の三人で話をする。

今日担当するのは三崎《みさき》という男性の医師だった。黒縁メガネが特徴的で、穏やかそうな笑みを浮かべた人好きのする顔立ちの三十代後半ほどの男性医師だ。

同意書などの書類手続きを済ませたあとは、白夜と三崎だけで話をする。こういうとき、自分がまだ未成年なのだという事実を突きつけられている感覚になる。

診察室で向かい合ったものの、三崎はあらかじめアンケートを取っていた白夜の診断結果を見ている。

「まぁ、素直にちゃんと書いてくれてるだけ上等ですよ。思ったよりいい子みたいで安心しました」

やっと口を開いた三崎の言葉に、白夜は「はぁ」と困惑を示す。すると三崎は愉快そうに笑った。

「無理やり引っ張って連れてこられたんでしょ？」

「はぁ……まぁ。ちょっと学校でやらかしたので」

「学校で？」

「はい……」

この医者が自分の心を救ってくれるような期待はしておらず、事務的に淡々と説明した。異常がないわけではないが、ここまで大事《おおごと》にするほどの問題ではないと思う。

さっさと済ませて学校をサボって瑠唯に会いたい。その一心だった。

「なるほど。まぁ、慢性的な睡眠不足ですね。夜は余計なことを考えがちなのでね、つらいかもしれないけど」

「別につらくはないですよ」

「そうですか……なるほど」

意地を張ったのもお見通しのような口調なので、白夜はつまらなくなりうつむいた。

「分かりました。しばらく経過を見ましょう。日常生活に支障が出ないようにできるだけサポートします。がんばりましょうね」

——気休めな言葉だなぁ。

内心で毒づく。三崎に対する反発心が湧くも、不機嫌さを見せないよう努めた。

それから三崎は軽やかに口を開く。

「ほかに何か気になることはありますか？　質問などなんでもどうぞ」

「いえ、とくにないです」

三崎の問いに表面上では愛想よく答え、さっさと診察室を出た。

「どうだった？」

母がすぐに訊いてくる。

「別にどうも。しばらく経過を見るって」

「そう……今日はどうする？　学校行く？　休む？」

曖昧な返事を受けた母は釈然としないながらも、矢継ぎ早に質問を繰り出す。

それが鬱陶しいのでぼんやりしながら「んー」と間延びした返事だけをした。

きっと親や医者ともしっかり向き合わないといけないのだろうが気が乗らない。医者と顔を合わせてメンタルの話をするより、瑠唯と夜中に会って話すほうがよほど有意義で心にもいい。

次に母も三崎に呼ばれ、カウンセリングルームへ連れて行かれて話しこんでいた。

待合室は午前中ということもあり、かなり人がいる。それにもかかわらず医者はひとりひとりのメンタルケアを行うべく時間をかけて診察をしているらしい。

白夜はその様子をＳＮＳに書きこんだ。

【病院、人待ちすぎ。だるい】

しばらくSNSをスクロールして、いろんな書きこみを見る。誰の目にも触れていない自分の投稿が、大量の書きこみの中に紛れていくのを虚しく見つめていた。

どれほど待ったか、母がようやく戻ってきた。それから今度は再び三崎、白夜、母の三人で話をし、ようやく支払いの順番待ちまで落ち着いた。ソファに座ると疲労感に襲われる。

「だる……」

「だるいなら帰る？」

母が言うが体調が悪いという意味に聞こえてそうで、白夜はため息だけを返した。

午後からの出社ということで、まだ少し時間が取れるらしい母に連れ出され、にぎわう駅前の飲食店へ入った。

母親と一緒に昼食をとるのはいつぶりだろう。気恥ずかしさが勝ってそっけない態度をとってしまう。平日の午後、同年代の学生はいないのに人目を気にしてうつむいていた。

食欲がなかったので月見うどんだけにしておき、さっさとテーブルにつく。母はかき揚げそば、漬物、おにぎりまで頼んでいる。

「食べすぎだよ」

思わずつぶやくと、母は「そうかなぁ」と首をかしげた。

あまり笑わない母だが、外向きの顔は別人のように愛想よく親しみやすい声音である。家とのギャップに慣れず、白夜は終始うつむいて昼食をとった。

「お母さん、白夜を送ったら仕事に行くね」

「うん」

「今日はもう家にいなさい」

「んー」

適当に返事をすると、母はスマートフォンを取り出して画面を見ていた。メールのチェックだろうか。営業職の母はビシッとキレイなカジュアルスーツとブラウス姿で、町に溶けこんでいると、誰だか分からないように思う。

それくらい普段から母とまともに向き合うことがなかった。

「白夜」

ふと母の声がいつもの疲れたような声になり、白夜は思わず顔を上げた。

「学校、つまらない？」

「え……」

核心に触れてくるような質問に、白夜は困惑した。

周囲はランチタイムの会社員や小さな子ども連れでざわついているが、なぜかこの空間だけは家のリビングと変わらない空気を感じる。

「あなたはいつものんびりしてて、楽しいのか楽しくないのか分からない子でね、小学校の頃は心配してたけど、そういう子なんだろうなぁと分かってからはとくに気にしてなかったのよ」

「そうなんだ」

「お姉ちゃんみたいに親友が毎年変わったり、しょっちゅう彼氏と外泊したり……なんてそんなこともないし、口数も少ないからね。でもうまくやれてるんだって思ってた」

そう言うと母は冷水を飲んだ。思ったより母は自分に無頓着ではなかったのだと気付かされる。だが素直になれず「うーん」と返事を濁した。すると、母が急に笑い出す。

「図星かぁ」

してやったりといった顔で笑う母。もうしばらくそんなふうに笑う姿を見ていなかったと思い出した。

母もなぜかハッとし、真剣な表情に戻る。

「こうしてゆっくりふたりでご飯を食べるの、あなたが保育園に通ってた頃以来よね」

「まぁ……あのときくらいから母さんも仕事復帰したし」

「そうね。保育園から呼び出されて仕事にならなかったけど。今となってはいい思い出よ」

文句のような、そうでもないような妙な言い方をされる。母は天真爛漫とは言い難いので表情を読むのが難しい。それでもこうして時折笑うので、どうにも調子が狂った。

「学校ね、面倒だったら行かなくてもいいよ」

そう言うと母は食べ終えたそばの汁を一口飲んだ。それからおにぎりを豪快に食べる。

白夜はちびちびとうどんの汁を飲みながら言葉を探した。

他人の幸福そうな顔に腹立たしく思うも、学校に行きたくないわけではない。相反する気持ちの正体が分からず困ったものだが、率直な思いを伝えるのが難しかった。

「行きたくないわけじゃないよ」

「それはお母さんたちに遠慮してるから？」

「……………」

言われて気がついた。学校に行かないと後ろめたくなるのだ。そして、日常が消えるような感覚もある。

そんな息子の様子を見抜くように母はため息をついた。

「そうねぇ……そりゃ、学校には行ってもらいたいけどね。夜な夜な散歩に出かけて何をしてるか分からない様子じゃ、心配にもなるのよ」

そう言う母の声がわずかに強張っていた。

白夜は驚いて、母を見つめた。

一方、母は目をそらしてどんぶりに目を落としている。

「やっぱりか……分かりやすいね。お父さんにそっくり」

「知ってて泳がせてたの？」

「泳がせてたって何よ、その言い方。なんとなくね、気づいてたの。毎日あなたが寝てるか確認してるんだし」

当然のごとく言われ、白夜は顔をしかめた。

「その毎日ノックしにくるのやめてくれない？　ウザい」

「ふふっ」

「何がおかしいの」

からかわれた気分になり、つい強い言い方をしてしまう。それでも母は呆れたように笑って言った。

「初ウザい、ね。あなたの反抗期、静かだったからねぇ。ちょっと退屈だったのよ。この歳になってそうきたかぁ」

「あのさぁ、反抗してる子どものこと、からかわないほうがいいらしいよ。マジでこじらせるから」

「はいはい、ごめんごめん」

母は面倒そうにあしらい、残った漬物を口に放りこむ。母を楽しませるつもりがまったくない白夜はしかめっ面のまま昼食を終えた。

それから母の車で自宅まで送ってもらう。本当ならひとりで帰りたいところだったが、これ以上「こじらせた反抗期」と思われるのが癪だったので、おとなしく車に乗っていた。

ゆるやかな坂道をのぼり、徐行しながら住宅地へ入っていく。その際、母は細道に入って家までのルートから外れていった。

「こっちの道じゃないの？」

つい訊くと、母はハンドルを切りながらすんなり答えた。

「こっちのほうが近道なの」

細道から大きな道路に入っていく。格子状の道だとスピードを落とさないといけないようで、この大きな道路からだと通常のスピードで走れるのだろう。

そこは住宅地の端っこで、道路を挟んだ土地に大きな公園がある。もうこの場所の存在を忘れるほど来たことがない。

白夜はふと助手席側から見える公園を見やった。

大きなドーム状の骨組みに植物がからみついている。遠くからではなんの植物かは分からないが、光に照らされた色とりどりの花が目に映る。

「あそこ、いつの間に植物園になったんだ……」

「え？」

「ほら、こっちの公園」

「あぁ、あそこね。なんか数年前から緑化運動だったかそんなので、地域の人たちがいろんな植物を植えてるのよ。花畑もあるみたい」

母は公園をちらっと見て運転に専念した。

——花畑……

白夜は瑠唯が行きたいと言っていた場所を思い出す。

「ネモフィラって、咲いてるかなー」

何気なく言うと、母は「えぇ？」と驚いたように声を返した。

「今咲いているかはわからないなぁ。なんで？」

どうやら母は花に詳しくないらしい。白夜はつい苦笑して「なんでもない」とごまかした。

5

家に帰ると久しぶりのひとりだった。今日父は会社に出社する日だったのでいない。白夜もそのほうが気楽だった。部屋にこもって少し眠り、喉の渇きで目を覚まし、スポーツドリンクを飲む。そうしてのんびりと過ごしておく。

眠るのも飽きたら、小説を読んで過ごした。部屋に置いてある本では読む気が起きず、買った本も病院の待合室で読み終えてしまった。どうにもならず、インターネットに公開されているものを読んでみる。

個人的に興味を惹かれたジャンルはミステリーだったが、どうも相性の悪い作家に当たったようですぐに閉じた。なんとなく恋愛小説にも手を伸ばしてみる。

瑠唯との出会いですっかり趣向が変わったようで変な気分になるが、女子の気持ちを知るには手っ取り早いとも思う。

それは余命わずかな主人公が好きなヒロインと恋愛し、最期を迎えるものだった。

思いのほか読みやすく、ぐいぐい引きこまれた。

しかし主人公とヒロインが喧嘩し、すれ違ってしまうところで更新が止まっていた。最新更新日の日付は三年前。これは続きの更新は期待できない。

白夜は作品ページを閉じ、仰向けに寝転がったまま天井を見つめた。

「瑠唯、何してるかな」

無意識に瑠唯のことばかり考えてしまう。

――メッセージ、入れてみようか。

瑠唯からのメッセージは単語がほとんどで、あまりトークアプリは動かない。文字の識別が難しいようで、入力も音声入力を使用しているようだった。おそらく白夜からの連絡も応じられるだろうが、彼女にとって不都合だったらと考えれば手が止まる。

「迷惑だったら嫌だしな……」

そう呟き、開いていたスマートフォンを消そうとするとトークアプリの通知が入った。

【今、何してる?】

瑠唯だった。驚いてスマートフォンを目の上に落としてしまう。

「いっ!」

ゴツンと嫌な音が脳に響き、ぶつけたまぶたをさする。反射的に出た涙でぼやけた画面にはさらに瑠唯からのメッセージが続いた。

【即既読だね(笑)】

「いってぇ……うわ、メッセージめっちゃくる」

【学校行けた?】

起き上がって目を通し、白夜はすぐに文字を打ちこんだ。

「僕もちょうどメッセージ送ろうとした」

【あははは】

「学校は休んだよ」

【じゃあヒマだよね？】

不躾な言い方をしてくるなと思ったが、どうにも言い返せない。きっと瑠唯はニマニマしながら入力しているに違いないと白夜は考えた。

「ヒマですが」

【じゃあ来て】

「はい」

そう返事してすぐ白夜は適当な部屋着ではなく、結局この夏着ることがなかったリネンのシャツとワイドパンツを選んで着替え、父が帰ってくる前に家を出た。


いつもは制服か部屋着で瑠唯に会うことが多いので、変な心地だった。

家の前で待っていた瑠唯もまた大きな襟の白いフレアワンピースを着ていて、残暑の夕方に合う涼やかな装いだ。もちろん広いつばの麦わら帽子と色付きメガネ、白杖も。

「お母さんがカゲヤマくんも一緒なら少し散歩してきていいって」

顔を合わせるなり、瑠唯が笑顔で言う。

「絶大な信頼を受けてて怖いんだけど」

白夜はニヤリと笑った。その顔が彼女に見えていたかどうかは分からないが、瑠唯も一緒になってくすくす笑っている。

「また森に行く？」

「いや」

「じゃあバス停？」

瑠唯がつまらなそうに訊くので、白夜は得意げに「いや」と返した。

「え？　どこに行くの？　展望台？」

「まさか。もうあそこには行けない……坂が」

「トラウマ克服したじゃん！」

弱気な白夜に対し、瑠唯は今日も明るく元気だ。

白夜は瑠唯の手を引いて「こっち」と誘導した。

「今日、花畑を見つけたんだ。修学旅行で行ったたっていうとことは違うかもだけど」

「ほんと⁉」

手を引かれながら瑠唯はうれしそうに声を上げた。その喜びようが手のひらから伝わり、白夜の心も躍る。

覚えたての道をふたりで抜けた。

西陽がまるでスポットライトのように道を照らしていてきらびやかだ。木々の木漏れ日と汗ばむ気温、伸びていく影すべてが美しく、住宅地の格子道だということも忘れてしまう。

瑠唯の笑い声が耳に心地よく、気が逸る。奇跡的に車の通りがなく、危険は一切なかった。

やがて下り坂へ入り、大きな道に出る。舗装された壁の上から木がしだれかかっており、その隙間に彼岸花が咲いている。

ふたりでゆったり歩き、まだ沈まない太陽の眩しさに目を細めながら向かうとようやく植物公園が見えてきた。

「瑠唯、もうすぐだよ」

「うん！」

坂を下り、カーブを曲がって公園の入口へ入る。そこからすでにひまわりの花が出迎えてくれていた。

「瑠唯、見える？　ひまわり」

「うん、こう大きいと見えやすいよね」

「それは良かった」

これで名誉挽回にもなりそうだ。白夜は期待に胸を躍らせて瑠唯をエスコートし、公園内へ入った。

緑が深いドーム状のガーデンアーチに朝顔の蔦が巻き付いている。今は夕方なので花はしぼんでいた。その周辺には花壇があり、真っ赤なダリアや可憐なオミナエシが咲いている。

しかし、白夜はこれだけでは不満だった。瑠唯は花を目にして喜んでいるようだったが、これでは彼女が所望する花畑とは言い難い。

「瑠唯、もう少しあっちに行ってみよう」

「うん」

手入れの施された花のガーデンを横切る。白夜はなんのリサーチもせずここへ来たことを後悔し始めていた。

「カゲヤマくん」

「何?」

「焦らなくていいよ」

瑠唯が白夜の手を握りしめ、胸の内を見透かすように言う。

やがて当てずっぽうに向かった先にひまわり畑が見えてきた。金色の花弁を開かせているものや閉じているもの、枯れているものもある。しかし夕暮れの中で見るひまわりはまばゆく輝いているようではあった。

「でも、ひまわり……だな」

白夜は顔をしかめた。ネモフィラらしき花はない。

「ひまわり、だね」

瑠唯も遠慮がちに言う。

「そもそもネモフィラって知ってる？」

彼女の問いに白夜はドキッとした。

花畑があるかもしれないという予感だけで彼女を引っ張ってきたが、肝心のネモフィラを調べることを怠っていた。

考え事をしたり、目標を一つに絞って動いたら必ず何か抜けていることがある自分の癖を忘れていた白夜は情けなく頭を掻いた。

「知らないんでしょ？」

瑠唯が追い打ちをかけてくる。

「あのね、ネモフィラは青い花なんだよ」

「ぜんぜん違うじゃん……」

「しかも九月には咲かないの。四月から五月くらいに咲くからね」

「うっ……マジですか」

白夜はがっくりと肩を落とした。

「それならそうと早く言ってよ」

「てっきり調べてるのだとばかり……この時季には絶対見られないのに、妙に張り切ってるもんだから言えなくて。ごめんね」

励ますように言う瑠唯の声は優しい。それゆえに情けなさが倍増する。

「僕、空回りしてるな……」

「そんなことないよ」

瑠唯は白夜の手をそっと離すと、ひまわり畑の中に足を踏み入れた。

「新しい思い出ができたし、来年の春までの約束もできたよ」

「来年の春？」

つい訊き返すと瑠唯は得意げに笑った。

「ネモフィラ、一緒に見に行こう。それまでこの目、守っておくから」

ひまわりの中でひときわ満開な笑顔で彼女は言う。しかし、色付きメガネの奥にある目尻は切なさを帯びていた。

「そう、だね」

――来年、か。

そのとき、瑠唯の目は見えているのだろうか。

そう思って彼女の表情をよく見ようとしたが、ひまわりと夕日のまぶしさに紛れていてよく分からなかった。

6

学校にスクールバッグを置いたままであることはかねてより気になっていたが、二日連続で学校を休むとなると気になるどころではなかった。

授業で使うペンケースやノート、教科書はまだしも小銭入れと鍵はそろそろ取りに行きたい。届けてくれる友人はやはりおらず、それが落胆の材料になり、ますます学校へ行く気分が失せるが、三日目にしてようやく学校へ行く気になった。

制服に袖を通してダイニングへ行くと、父と母が朝食を食べていた。

「おはよう。学校行くのね」

母はあっけらかんと言い、トーストを口につっこむ。

「行くんなら昨日のうちに言えよー」

父は慌てて椅子から降り、キッチンの戸棚を見た。

「菓子パンしかないよ」

母がさらりと言えば、戸棚を開ける父も「ほんとだ」と残念そうに頭を掻く。

「昼ごはんくらい自分で買うよ」

白夜は面倒そうに言いながらダイニングにつき、その場に置いてある食パンをトースターに突っこんだ。すると父が牛乳を用意しながら訊く。

「お金は？　結局バッグ取りに行ってないだろ」

「それを取りに行くんだよ」

「あぁ……そういうこと」

父は納得し、グラスに注いだ牛乳を白夜の前に置いた。母は呆れたようにフッと軽く笑うと席を立つ。

「あ、行ってらっしゃい！」

「行ってきまーす」

あちこちに気を配る父の慌てぶりがいつもより愉快な朝だった。

バスに乗って学校へ向かう。いよいよ文化祭が来週に控えているため、校門前の掲示板には文化祭案内のチラシが貼ってあった。顔見知りの生徒は近くにおらず、白夜はあくびをしながら教室へ向かう。

至って通常通りの風景に拍子抜けしかけるが、もともと学校ではいてもいなくても同じ存在だったのでこんなものだろう。

誰にも声をかけず、のそのそと自分の机に向かうと着席し、脇に提げられたままのスクールバッグを確認する。何も盗られてないようで一安心した。

「白夜」

ちょうど教室にやってきた川島がまっすぐ白夜の席にくるので控えめに挨拶する。

「おはよう」

「おはよう……って、大丈夫なのか？」

「え？　うん。まぁ二日ガッツリ寝たらちょっとはスッキリしたよね」

適当なことを並べると、川島は心底安心したように顔をほころばせた。

「そうか」

「あぁ、でも引き続き、僕とはあんまり関わらなくていいから」

すぐに相手の口を封じるように冷たく言う。

「なんで」

「他にも友達いるだろ、そっちに行きなよ。僕とつるんでても楽しくないって」

「おまえも一緒にみんなと話せばいいじゃん。なんでそんなことを言うんだよ」

三日前、あんなことがあったからだろうか。川島の世話焼きが増しているような気がする。

白夜は机に突っ伏して外界をシャットダウンした。それでもなお、川島は話しかけてくる。

「おい白夜ってば。ほんとどうしたんだよ、おまえは……前みたいには戻れねぇの？」

以前の自分はどうだったろう。

顔を伏せたまま考える。

のんびりと、面倒な授業や退屈な日常を過ごしていた。川島たちと何を話していたのかも覚えてないほど、どうでもいいことで盛り上がっていた気がする。

仲がいい友人だった。でもそれは学外では適応されない。現にこうして心配そうに近づく川島だが、白夜の持ち物を家に届けようという機転は利かないのである。その程度の関係だ。

「……戻れないっていうか、もともと僕はこういう性格だったんだよ」

ようやく答えを吐き出しても、川島を納得させるだけの言葉にはなり得ない。それが分かっていてもどうすることもできず、白夜はもう何も言わなかった。

憂鬱な学校のあとは憂鬱な通院が待っている。ちょうど瑠唯の通院日とかぶっているので、もしかしたら病院で鉢合わせするだろう。気が重くなる。

心療内科に通っていることを瑠唯には話していない。運良く待合室で会えば、瑠唯を迎えに来たと言ってごまかしが利くだろうか。

今日は父が付き添いなので、学校終わりに父と病院で待ち合わせることにしている。

どうにかして父をあしらい、瑠唯に通院がバレないかを考えながら、今日はしっかり担任に「通院があるので帰ります」と告げて教室を出た。

もう誰も白夜に期待していないことは明白で、気にも留められない。そのくらいがちょうどよく、若干の鬱が晴れる。

予約の時間を越えてもきっと待合室はパンパンだろう。白夜はぼんやりと総合病院まで向かった。

「あれ？」

病院の入口に父がいないのでしばらく探す。

わずかに苛立ちながらスマートフォンを見ると、父から連絡が入っていた。

【もう呼ばれたんだけど、先に先生の話聞いとくからな】

トークアプリのメッセージでそれだけが書いてあり、時間を見ると予約時間だった。

「いつも待つのに、今日に限って……」

仕方なく中へ入り、心療内科のあるフロアまで向かった。待合室は意外にも人がまばらだった。父はちょうど診察室で話をしているらしく姿が見えない。

近くに看護師はいたが、診察室を行き来して忙しそうなので話しかけられなかった。

白夜はそっと診察室の前に立ち、引き戸を開けようと手をかける。そのとき、聞き覚えのある声が耳に飛びこんできた。

「うふふっ！　もう、先生ったら変なことばかり言わないでよ」

「変なことなんて言ってませんよ、瑠唯さん」

診察室の向こう側に男女の声。ひとりは三崎医師。もうひとりは瑠唯だ。どうして瑠唯がいるのだろう。

そう思ったが瞬時に気づく。

瑠唯は事故のショックでたまに支離滅裂なことを言う。そのため目の治療のほか、この病院のカウンセリングにも通っているのだ。

瑠唯がそこにいると分かればどうにも気になってしまい、扉の前から動けなくなる。

何を話しているのかは分からないが、どうも親しい間柄のように穏やかそうな雑談だった。

「でもまぁ、こんなこと話せるの、先生しかいないしね」

「いつまでそうしておくつもりなんですか？　僕もヒマじゃないんですよ」

「ひどい言い方するなぁ。うーん、いつまでって……そりゃ決まってるでしょ。左目が見えなくなるまでだよ」

瑠唯は平然と言った。

これに対し、三崎は驚くでもなくむしろ言い疲れたように吐息混じりに声を漏らす。

「瑠唯さんの左目は手術すれば治りますよ」

「そうだけど！　でも嫌なの。もう何度も言ったでしょ？」

「ええ、聞いてますが……君の担当の松浦《まつうら》先生も困ってますよ」

――今、なんて言った……？

「瑠唯さん、そろそろいいんじゃないですか？　僕もあなたの嘘に付き合うのもいよいよ心苦しいです」

「嘘、ね……先生だけにはバレちゃってるから仕方ないか……」

瑠唯の声音がワントーン落ちる。

白夜は人目もはばからず、ドアに耳をつけて瑠唯の言葉に耳を澄ました。

なぜかこれ以上は聞いてはいけない気がしたものの、思考と行動が乖離してしまう。

そうして迷っているうちに、瑠唯が静かに言った。

「でも、もう少しだけ待って。お母さんに怒られるのは仕方ないけど、〝白夜くん〟にだけは知られたくないから」

第四章　嘘つきな僕らの物語

1

「白夜くんって……？」

三崎が思い当たるような言い方をしたが、あとを続けなかった。その代わり、瑠唯が早口で説明する。

「古野白夜くん。最近仲良くなった男の子なの。こんな変な私に優しくてね！　あまりにも優しくて、だましてるのがちょっとつらい」

「だったら本当のことを話してみたらいいじゃないですか」

「そんな今さら……なんて言ったらいいか分かんない。正気じゃないフリしてるなんて」

瑠唯の懺悔めいた声を最後に、白夜はその場から離れた。そのとき、別室の引き戸が開き、父が出てくる。

「おい、白夜。来てるんなら連絡しろよ……白夜？　顔色が悪いぞ」

おそらく青ざめていたに違いない。父が心配そうに近づくが、白夜はすぐさま背を向けて走った。

気づけば病院を飛び出していた。急に走ったせいか、衝撃的な言葉を聞いたからか、心拍数が上がる。

「瑠唯は嘘をついてた……」

ほかならぬ本人がそう言ったのだ。間違いないのだろう。

嘘をつかれていたことのショックをじわじわ自覚し、脳内は混乱する。

信じたくない気持ちが強い。

しかし裏を返せば彼女はまともであり、左目も手術を受けたら治るのだ。

彼女は幸せになれる。

その要素を持っている。

「……なんだよ、それ」

強い軽蔑が口から飛び出した。彼女の幸せを願えない自分に驚き、長いため息をつく。

それから中庭のベンチに座り、冷静になるまでうずくまっていた。

やがて院内を捜索していた父と看護師に見つかり、心配そうに声をかけられた頃にはいくらか気分も落ち着いてきていた。

今日の診察はキャンセルすることにし、改めて予約の日を入れて帰宅する。

父は車の中で話をしようとしなかった。もともと無口で家庭にとても関心があるタイプではない。白夜も急な逃亡を知られたくなかったので都合が良かった。

やがて住宅地の道へ入る。母とは違い、格子状の道を行くので随分と時間がかかったような気がする。

そうして車庫に車を駐車するまで父は何も言わなかったが、白夜がシートベルトを外したときに「あっ」と思い出したように声を上げた。

「今日の診察のこと、母さんになんて言おう？　白夜が逃げたってところ」

「……別に本当のこと言えばいいよ」

そっけなく言い、車から出ようとドアを開ける。

「でも聞かれたくないんじゃないか？」

父が鋭く言うので、白夜は開けかけたドアを閉めた。見透かされているようで癪だが、意地を張っていても仕方がない。

「まぁね。でも、嘘ついたって意味ないし。すぐバレるよ」

「そうだけど……母さんに怒られるのは俺だけでいい。だから、なんて言おうかなー」

どうやら父はかばってくれるつもりらしい。母にバレたところで「そうなの」とあっさり返されそうな気はするが、父のその不器用な優しさは素直に受け取りたい。

白夜も一緒にぼんやり考える。

「僕が急に腹が痛くなって倒れたってことにする？」

「そっちのほうがあとでバレたとき、母さんがかなり怒りそう」

思いつきはすぐに却下された。

「それもそうか……」

力なくうなだれる。これに父が心配そうに顔を覗きこんできた。

「本当になんともないんだろうな？」

「ないよ。大丈夫」

「じゃあどうしようか？　俺が腹痛でトイレから出られなくなったとか、どうだ？」

「それでいこう」

父の提案をすぐに採用し、ドアを開く。父も「よし」と頷いて颯爽とドアを開けた。

玄関を開け、父と揃って声をかける。

「ただいまー」

時刻は十八時を少し過ぎた頃。外はすでに薄暗い。白夜は靴を脱ぐ直後、見慣れない靴を見つけた。

「ん？」

「ん？　どうした？」

父が後ろから顔を覗かせる。白夜は水色のラインが入った小さめのウォーキングシューズを指した。

「知らない女の靴がある」

「知らない女の靴……母さんの靴じゃない？」

「よく見てよ、これ知ってる？」

父の注意力のなさに呆れながら言うと、父は「あぁ」と手をポンと打った。

「朝緋《あさひ》が帰ってきてるんだ」

「は？　姉ちゃんが？」

「そうそう。急に帰ってきてな」

そう言いながら父は白夜の脇をすり抜けて家に上がった。

「おーい、朝緋ー」

「おっかえりー！　パパ！」

明るい巻き髪を一つに結んだオーバーサイズTシャツ姿の姉が元気よく父に飛びついた。

「おい！　はしゃぐな！　飛ぶな！　危ないだろ！」

父が大きな声で怒るも娘に抱きつかれては無下にできないようで、その場に固まる。

そんな姉、朝緋の急な帰還に、白夜は頭を抱えてリビングに入った。

「白夜！　あんた大丈夫なの？」

父を突き飛ばし、弟の肩をつかむ姉。白夜は無表情を貫き、こくりと頷いた。

「姉ちゃんこそ急にどうしたの？　旦那さんと別れたの？」

「ばかやろう。超ラブラブだっつーの。今日はまぁ報告があって帰ってきたのよ。そしたらあんたが大変みたいだし、そりゃ心配もするでしょー」

手を腰に当ててふんぞり返る姉。それを見て、白夜は「ふーん」と他人事のように返した。手を洗い、自分の部屋へ向かう。すると姉が追いかけてきた。

「ちょっとちょっとちょっと！　お姉ちゃんとの感動の再会は⁉　もう終わり⁉」

「さっさと報告とやらをして帰ってよ。うるさくて無理」

「はーっ！　この家族はあたしがいないと静かなんだからさ、これくらいにぎやかでもいいでしょーが！　こら、白夜！　逃げんな！」

うるさい姉は部屋までは追いかけてこなかった。思えば、いつもより動きが鈍いような。昔はもっと暴れていたはずだ。

――ま、いっか。

ひとまず部屋にいれば安全なので、制服から部屋着に替えてベッドに倒れこむ。

「はぁ、最悪……僕の日常が脅かされる……あいつがいるほうがストレスなんだけど」

悲観的に嘆きながら枕に顔をうずめ、すぐに寝返りを打って仰向けになる。

今日はいろんなことがあって疲れた。スマートフォンを見る気がせず、机の上に放ったまま。目の上に腕を置き、静かに息を吐いた。

夜がくる。窓の外はすでに暗く、分厚い雲が広がっていた。季節が刻々と秋を迎えており、星が冬の準備に入る。それなのに、自分の心はまだまだ夏に置き去りだ。

ひまわり畑がちらつく。

未熟な星空がよぎる。

今は瑠唯のことを考えたくないのに、夜や暗闇が彼女を象徴していて目に毒だった。目をつむっていても開けていても彼女のことを思い出す。

こんなにも瑠唯が自分の中で大きな存在になっているのが不思議だ。

本気で好きになったのだろうか。

やはりこれが恋なのだろうか。

考えれば考えるほど胸を締め付けてくる。

そんな瑠唯の裏切り――彼女の存在はどこまでが本当で、どこまでが嘘なのか。

「白夜ー、ごはーん！」

姉の声が階下から響いてくる。いつの間にか時間が流れ、母もとっくに帰ってきたらしいにぎやかさが部屋の下で繰り広げられていた。

それでもなお白夜は眠ったふりを続けて無視した。

「白夜、ご飯ってば」

姉が部屋までやってくる。そういえば、姉は白夜が無視してもしつこく話しかけてくるのだ。

「白夜くーん、起きてくださーい。やだ、本当に具合悪いの？」

「うるさい」

面倒なので枕を投げようと手を伸ばす。しかし姉は素早くドアを閉めた。

「こら！　お姉ちゃんに枕を投げるとは何事だ！」

すぐに怒られ、投げる手を止める。すると姉は見計らったかのようにドアを開けて部屋の電気をつけ、白夜をじっと見つめた。

「ほんっとに乱暴だなぁ。ママから聞いてた通り、こりゃひどいもんだ。昔は虫も殺せない子だったくせにさぁ」

「そんなに僕は変わった？」

周囲から言われるたびに腹が立つが、こうも皆に口を揃えて言われれば気になる。

姉は腕を組んで首をかしげた。

「別に。あんた、赤ちゃんの頃は癇癪持ちの乱暴者だったよ。人の髪の毛むしるし」

「えっ」

それは初耳だ。

姉は懐かしい思い出に思いを馳せ、目をつむり頷く。

「あたしが泣かされるくらいだったんだからねぇ。でも急におとなしくなってさ、いつの間にか我慢ばっかするようになってたんじゃない？」

思わぬ言葉に驚きが隠せない。「へぇ」と困惑気味に返すと、姉はからかうように笑った。

「いいじゃん。我慢ばっかしてたら体に悪いし、それくらい荒っぽく自分勝手に生きてみてもいいんじゃないの？　まだ子どもなんだし」

きれいにまとめようとする姉のスッキリとした顔を見ると、それまであった胸の支えがわずかに取れたような気がした。

しかし、どうにも腑に落ちない。この姉に諭されるなど世も末だと思えてくるので、ひねくれた言葉を投げた。

「それは姉ちゃんだろ。いつもいつも自分勝手に生きてるし」

「あはは！　まぁねぇ」

姉はあっけらかんと言うと、ドアを開け放ったままゆっくりと階段を下りていく。

「ほら、ごはんよ。たくさん食って力つけろー」

だんだん遠ざかる声を聞きながら白夜は頭を掻き、ノロノロとベッドから降りた。

2

姉の報告というのは、妊娠したというものだった。まだ性別までは分からないが安定期に入ったので家族に報告しに帰ってきたらしい。

食卓でそんなことを言い出し、驚いた白夜は食事の味がしばらく分からなかった。

また母だけは早めに知らされていたらしくのほほんとしており、父は姉の帰還後すぐに知ったらしい。知らなかったのは白夜だけだった。このなんとも言えない気持ちの吐き出し場がなく、ＳＮＳに呟く。

【姉ちゃんが大人になってる】

直接的な表現ができず、曖昧な言い方になってしまった。しかしそれしか言いようがない。

母曰く、姉は学年が上がるごとに親友が変わり、年頃になれば彼氏と外泊三昧で父と喧嘩ばかりしていた。頭もそれほど良くはなく、おしゃれに専念し、常に化粧品の匂いを漂わせていた。それでも下品さはなく、明るく元気な性格だった。

そして、白夜に対してはなんだかんだ言いつつもかわいがってくれていたように思う。おやつの奪い合いはあったが。

「そんな姉ちゃんが……はぁ、すごいな」

机に座り、感慨にふける。そして自然と自分の未来を思い描いてみた。

姉のように誰かを愛して、家族をつくる未来があったのだろうか。

「瑠唯……」

自分の隣に立って笑ってくれる人はひとりしか思いつかない。それなのに、瑠唯のあの言葉を思い出すと、脳内の未来予想図をペンで塗りつぶしたくなる。

「どうかしてるな」

――バカバカしい。そんな幸せな未来を思い描いたところで無駄だ。

瑠唯は嘘つきだから、もう関わりたくない。これまでのことは狐につままれたのだとでも思おう。

思い返してみれば、瑠唯の言動には一貫性はなかった。迎えにきてほしいと言いながら、一度もそんな連絡はなかった。

通っているという夜間学校のことも嘘だろう。

それに目が見えない彼女が夜間学校に通っているのも不自然な話だ。通信制の高校だってあるので、自宅で学習していても問題なさそうである。

カゲヤマという人間も嘘なのだろう。

そんな人間はそもそも存在しない。瑠唯の母親も調べたが「そんな生徒はいなかった」と言っていた。

また自分で調べていた精神疾患に当てはまるものが少なかったのも、今なら納得できる。

全部嘘なのだから。

ただ、彼女が嘘をついていた理由が分からない。

人をからかっていたのだろうか。

母親をもだましているような言い方をしていた。それもあの三崎には全部話をしていたが、彼は全部知っていそうだ。あれだけ親しげに話していたのだから。

しかし、三崎に問い詰めてみたところで話してくれはしないだろう。患者が話すことを他言するようなバカな医者ではない。

そこまで考えて、自分が瑠唯に直接訊く勇気がないことに気づいた。

「……だっさ」

呟いたところで現状が変わるわけでもない。白夜はため息をつき、SNSに文字を打ちこんだ。

そのとき、瑠唯から連絡が入った。

【今、何してる？】

既読のマークがつかないよう、通知表示だけに目を通す。

【ヒマならお出かけしない？】

瑠唯は気づいていないようだ。能天気な彼女のメッセージを見ていると、気分がだんだん冷めていく。

——嘘つきって言ったらどんな反応するかな。

そう思ったが、いざメッセージを打ちこもうとしても指が動かない。

はっきりしたい。

彼女が抱える秘密を知りたい。

どうして嘘をついてまで一緒にいたのか。

都合よく振り回していたのか。

からかっていたのか。

無様にだまされる白夜をあざ笑っていたのか。

そんなことはない。時折見せていた彼女の顔は本物だったはずだ。それでも信用ができない。

しばらく考えたのち、白夜は一言だけ返事した。

「その手には乗らない」

——さぁ、どう出る？

青砥瑠唯の正体を暴けるだろうか。

しばらくして、瑠唯は【？】と送ってきた。しらばっくれる気だ。指先に苛立ちがこもる。

「今日、三崎先生と話してたよね」

そこまで言えば勘の鈍い彼女でも気づくだろう。白夜はじっとスマートフォンの画面を見つめて返事を待った。

【聞いてたの？】

瑠唯の神妙な言葉が返ってくる。

【あの場にいたの？　どこまで聞いたの？】

「瑠唯が嘘ついてるってこと」

そう送ろうとしたが、すぐに電話がかかってきた。しばらくコールは鳴り、出るかためらっている間に切れた。

すぐに彼女からのメッセージが飛んでくる。

【ごめん。話せる？】

瑠唯の焦りが文字に滲んでいた。

【お願い。説明させて】

しかし、白夜はそのままスマートフォンを閉じた。

今すぐに話を聞くのは怖い。心の整理がつかない。気分が悪い。

その焦りようから分かる、やっぱり彼女は嘘をついていたのだと。

「白夜ー、起きてるー？　久しぶりにゲームしようぜ」

唐突に姉の声がドアの向こうから聞こえたが、白夜は返事をしなかった。

3

それからしばらく白夜は瑠唯の呼び出しに応じなかった。その間、瑠唯について考えたり考えなかったりして過ごすことにした。学校も休んだり、授業だけを受けに行ったりと変わりない生活をしている。

ただどうにもクラスメイトとの溝は埋まらず、この孤立は自業自得だった。川島ももう近づくことはなかった。

心に蓋をし、周囲を遠ざけることに意味はないのに、そうしてしまったことを後悔していくのもバカらしい。

そんな相反する気持ちを抱え、やはり思考の隙間に現れる瑠唯が気になる。

結局、瑠唯に説明をさせる機会を与えないまま逃げていることを苦しく感じていた。日が立つうちに、彼女に「話をしよう」とメッセージを送るのが億劫になっていく。

そうしていつの間にか文化祭も終わり、中間テストも終わり、十月も中旬に入った。まだまだ気温は高いものの夜の訪れは一気に早まっている。止まったメッセージを何度も見返しては閉じるのを繰り返す。

また何か打開策がないかと映画や小説に触れるも、どれもピンとこない。ただ、一昔前に大ヒットした純愛映画はなぜだか無性に胸を打った。病に倒れたヒロインの生き様がなぜか瑠唯と重なり、思えば彼女の健気さや明るさは嘘じゃなかったと思う。そこに惹かれたことも。

その映画は海を眺める主人公たちの背中が印象的だった。

――海、行ってないな。

瑠唯が行きたがっていた海にまだ行ってない。

十月の海なんてキレイでもなんでもないだろう。そう思いつつも、再び会うなら海がいいと考えるほど、彼女の笑顔に飢えていた。

しかし、メッセージを送ることはできなかった。

＊　＊　＊

「こんにちは。今日もちゃんと来てくれましたね」

月に二回ほど通っているカウンセリングにも慣れ、今ではひとりで診察も受けられる。

白夜は三崎と相対し、軽く受け答えしながら時が過ぎるのを待った。白夜があまり語らないこともあり、診察自体は数分で済む。それまで莫大な待ち時間があるのだが。

「それで、調子はどうですか？　眠れてますか？」

「……いえ、ぜんぜんです。体調も悪くなるし」

「そうですか……うーん。まぁ睡眠は大事ですけど、眠ろうと考えすぎるのもかえって良くないですからね。リラックスできるような環境で眠れたらいいんですが」

三崎は表情を崩さない。ゆえに隙がない。白夜からは口を開くことはなく、三崎の口が再び開くのを待つ。

「……実は」

いつもとは違う低いトーンで三崎が言う。白夜はうつむいていた顔を上げた。彼の余裕のある目がこころなしか虚ろになり、パソコンの画面を眺めている。

「実はね、あまり他の患者さんの話をしたくはないんですけど……」

「はぁ」

「君、青砥瑠唯さんを知ってますか？」

ちらりとこちらに目を向ける三崎。そこに笑みはない。

白夜は膝に置いた手をぎゅっと握った。

「えっと……まぁ、はい。知ってます」

「君も青砥さんも珍しい名前ですからね。同姓同名の別人ってわけじゃないんだろうなと思ってました。そうですか……ご存じですか」

三崎は含むように言うと、またパソコンを見た。あまり気が乗らないのか、彼はいつもの診察時より歯切れが悪い。

「いえね、彼女のメンタルが不安定でして。君と仲が良かったと聞いていたんですが、最近はぜんぜん会えてないと……」

「それは」

「いや、何があったかとかは訊きません。ほかの患者さんのプライバシーに関わるので言わないでください。ただ、君たちがもし仲違いをしているのなら大人としては優しく見守るというのが、こう……もどかしいと言いますか。うーん、うまく言えないな……」

三崎は鼻先を少し掻き、困ったように唸る。いつも明瞭で端的な三崎にしては何が言いたいのか分からない。白夜は思い切って口を開いた。

「瑠唯の目、治るんですよね？」

そう訊くと三崎は一瞬止まって、バツが悪そうに顎をさすった。

「なるほど……それを聞いてしまったわけですね。それで……あぁ、分かりました。すみません。察しがついてしまいました」

「別にいいです。それに濁さなくていいですよ。瑠唯のことなら別に先生の口から聞いてもいいと思います。僕と瑠唯、まぁまぁお互いのこと話してたんで」

しかしそれも嘘が大半なのだろうが。

なんとなく三崎に対する反発心もあったが、声を荒らげるほどの感情は湧かず、至って冷静だった。

それに対し、三崎は「じゃあ訊くけど」と急に砕けた調子で返した。

「付き合ってたんですか？」

「つき……あっては、ない、です」

あれを付き合っていたとカウントしていいものか悩み、とぎれとぎれになってしまう。三崎はニコリともせず、真面目な表情になって椅子の背にもたれた。

「ふうん。そうですか……どうやら不思議な関係だったようですね」

「言われてみればそうですね」

不思議な関係——言い得て妙だ。つい感心してしまい、白夜は少し気をゆるめた。

すると三崎はようやく笑い、すっと白夜の心臓を指した。

「君が抱えるその胸の中のしこりは、彼女と話せないことに原因があるのでは？」

唐突の鋭い指摘に目を見開いた。三崎の目に射貫かれ、動きを封じられたようになる。

一方、三崎は穏やかな笑みを浮かべた。それは大人がからかうようなものではなく、見守るような優しいものだった。

「間違えていいんですよ。それを許せなくてもいいけれど、何も聞かずに自分の狭い世界だけで決めつけるのは良くないと思います。だって君、このままでいいんですか？」

その言葉に揺さぶられる。

いいわけがない。でも勇気が出ない。

握りしめた拳に目を落とし、押し殺すように言った。

「今さら、どんな顔して会えばいいか……」

「普通に会えばいいじゃないですか。元気だった？　って訊いてみればいいです」

「そんな……僕、まぁまぁひどい態度取ってるんですよ？　そんな軽いノリでいけるわけない」

やっぱり大人は何も分かってない。

白夜は期待を打ち消し、顔をしかめた。すると三崎は首をかしげた。

「繊細ですねぇ……」

しみじみ言われる。

「懐かしいなと思いました。僕だってそういう時期があったんですよ。でも振り返ってみれば些細なことでした。あのとき、ああしていればと後悔するほうが体に毒でね」

「そういうものですか？」

「はい」

三崎はあっさり答え、口を閉じた。

その間、白夜は思考を巡らせる。

瑠唯に会いたい。

三崎の言う通り、後悔をしていることは否めない。

それが心に暗雲を広げていることも。

もしそれが瑠唯も同じなら、やはり話し合ってみたほうがいいだろうか。

「先生」

「はい？」

「瑠唯は、どうして嘘をついて正気じゃないフリをしてたんですか？」

ここで訊くのは卑怯だろうか。しかし、これくらい許されてもいいはずだ。

そう思ってじっと彼の目を見つめる。白夜の思惑を見抜いたか、三崎はメガネを光らせて笑った。

「それは自分で訊いてください」

「それができたら苦労しないんですよ……」

「あははは。いいじゃないですか。若者の特権ですよ、青春は」

なんだか子ども扱いされているような言い方である。

「こんなのぜんぜん、理想的な青春じゃない」

思わずムキになって言うと、三崎は目を丸くした。

「じゃあ君はどんな青春が良かったんですか？」

「どんな？　って……それは、まぁ、普通に」

「漫画や小説、映画みたいな青春ですか？」

どうしてか見透かされている。三崎の訳知り顔がムカつくも、図星だったので言葉を返すことができない。

三崎は呆れたようにため息をついた。

「君の青春は君だけのものですよ」

そんなことをさらりと言う三崎。白夜は不覚にもその言葉が刺さり、悔しく苦笑いする。

言われなくても分かっている。当然な言葉なのに、言われなければ自覚することができなかった。カゲヤマとして振る舞っていたせいなのだろうか。

それとも自分の気持ちに蓋をして生きてきたせいか。

「別に他人のために生きてきたわけじゃないのに……いつの間にかそうなってたんで

しょうか」

真剣に訊いてみると、三崎はほほえんだ。

「何も君だけじゃないですよ。僕も含め、けっこうみんな忘れがちですから。それに、誰かのために生きるほうが分かりやすくて生きやすいですし」

「はぁ……そういうものですか」

分かるような分からないような曖昧な心地がし、白夜はため息をついた。

確かに自分のために生きるより両親や瑠唯のために生きていると考えるほうが楽であり、目標にもなる。

自分を大事にしなくていい免罪符にはならないが、それでも無気力に自暴自棄な振る舞いをしなくて済むと思う。

「自分のために生きるのって難しいですね……僕は何がしたいんだろ」

「そうですね……まぁまずは後悔しないような選択をすることでしょうか。君が今までやってきたことは無駄じゃなかったと、そう思えるような。あとは希望を託すことも一つの手かも」

まるであらかじめ用意していたかのように三崎はスラスラと答えてくれる。白夜は眉を寄せた。

「あはは、そんな顔しないでくださいよ」

「なんでもお見通しな感じですね」

「僕もそういう時代を経て今があるんです。なかなか簡単じゃないですが、君の思う通りの道を歩けばいいんですよ」

そう言って三崎は脇に置いていたコーヒーを飲み、肩を震わせて笑った。

「ちょっと照れくさいですね。いやぁ、若いっていいなぁ」

しみじみ言う彼の言葉には共感しかねるが、背中を押してもらったことには変わりない。白夜は立ち上がると一礼し、診察室を出た。


その帰り道、白夜は迎えの車を降りてすぐ、家ではなく瑠唯のもとへ向かった。

4

【ごめん】

メッセージを送ると、瑠唯はすぐに反応した。しかし迷っているのか返事がこない。

白夜は家の前で再びメッセージを送った。

【話をしよう】

すると、家から瑠唯が出てきた。初めて会ったときのようなスウェット姿である。

その後ろから母親もついてきた。

「ちょっと瑠唯、どこに行くの」

「いいから！　ほっといてよ！」

瑠唯は母と口論しながら玄関を出てきた。母親の視線が白夜に向き、怪訝そうに見られる。きっとこの数週間について不信を抱いているのだろう。

「瑠唯、遅くならないでね。遠くに行かないで」

それだけ言うと母親は家に戻った。玄関の鉄扉を開け、瑠唯がたどたどしく外に出る。

「ひ、久しぶり……カゲヤマくん」

瑠唯は迷うように言った。その名前に白夜は顔をしかめて反応した。

「それ、誰のこと？」

「ご、ごめんなさい……」

怯えたように声が小さくなっていく瑠唯。うっすらと目元にクマができており、白夜と顔を合わせているだけでどんどん顔色が悪くなっていくようだ。

「僕のことをそう呼ぶんなら、君と話すことはない」

「待って！　ごめんなさい！　怒らないで」

瑠唯が足を踏み出し、つまずく。

そんな彼女をとっさに支えようと手を伸ばした。ふたりでその場にしゃがみ、顔を合わせる。

瑠唯はうるんだ左目を向け、おそるおそる口を開いた。

「古野白夜、くん……」

腕をつかんでくる彼女の手が震えている。

「わた、私……本当に、なんて謝ったらいいか……」

「それも演技なの？」

「違う！」

意地悪な言い方をすれば彼女はすぐに顔を上げて叫んだ。

「違う……でも、信じてもらえないのは分かってる。だから、説明させて。お願いします」

瑠唯は頭を下げて懇願した。

「本当にごめんなさい……！　謝っても許してもらえないと思う。許さなくてもいい。でも、どうしてこうなったのかだけは聞いて」

「分かったよ。聞くよ。そのために来たんだから」

白夜はため息まじりに返した。

彼女を支えて立ち上がらせると、瑠唯は鉄扉に手をかけた。

「私の部屋に来て。そこで話すよ。そのほうが、きっと信じてもらえると思う」

瑠唯は涙を呑み、真剣な表情で白夜を見つめる。そんな彼女の眼差しを受け、白夜もゆっくり頷いた。

瑠唯の部屋は一階の和室だが、どうも二階に行くようだ。母親は何も言わなかった。彼女は一段ずつ確かめるように上がり、白夜もその歩調に合わせて上がった。三つある部屋のうち、一番端の部屋に通される。

「どうぞ」

その部屋はカーテンが閉め切られていた。電気も最小の明るさであり、すぐには目が慣れない。ほとんど物置のような部屋であり、床にはカーペットだけが敷かれている。殺風景な部屋だ。

「白夜くん」

瑠唯はベッドに座った。そしてベッドの後方にあるクローゼットを示した。

「クローゼット、開けて」

言われるままクローゼットを開ける。暗がりの中に敷き詰められたものを見て、白夜は目を見開いた。

大量の漫画雑誌や単行本が無造作に置かれた上段、下段は原稿用紙やスケッチブック、ノート、ペン、コミックマーカーが乱雑に置かれていた。

「……これは」

「漫画。私の好きなもの。知ってるでしょ？　好きだったって」

「うん……でも、まさか描いてたなんて」

描きかけの漫画原稿、プロットノート、ネタ帳、キャラクターデザイン用のスケッチブック。その量は段ボール箱に入り切らないほどで、おびただしささえ感じる。

「バカな夢だと思う？」

言葉を失くしていると、瑠唯が自嘲気味に言った。

「目が見えなくなって、全部捨てたの」

瑠唯はクローゼットを見ずに話す。白夜は足元に放ってあるスケッチブックを一冊取った。

かわいく整った女の子のデザインがいくつもある。表情、ポーズ、体の部位、その一つ一つが丁寧に描かれ、走り書きのメモも添えられている。それだけで彼女が真剣に夢を追いかけていたことを知った。

そのうち、男の子のデザインに差し掛かり、そこに走り書きされたキャラクター名を見て気まずくなる。

【影山】

「じゃあ、僕は君の漫画のキャラクターだったの？」

訊いてみると、彼女は首を横に振った。

「そういうことじゃない」

「じゃあどういうこと？」

白夜はスケッチブックを置き、その場にあぐらをかいて座った。瑠唯を見やるも、彼女はこちらを見ない。緊張したように膝を握りしめ、言葉を選んでいる。

「……事故に遭うまで私はずっと『影山』のことだけを考えてた。キャラクターが定まらなかったの。私ね、こんな目になっても漫画のこと考えてたんだよ。この物語はこうしようとか、キャラのエピソードがポンと思い浮かんだりとか。日常生活で目に触れるもの、耳に入るもの、五感で感じるすべてが漫画の材料だった」

瑠唯の声は固い。

ゆっくりと紡がれる言葉を白夜は聞き漏らさないようにしていた。

「だから、目が見えなくなっても無意識に物語を作っている自分がいて、そしてふと気づいたら『あ、私、目が見えなくなったんだ』って思い出す。その繰り返し」

そこまで言うと瑠唯は一息ついた。顔をうつむけ、喉を絞るようにまた話し出す。

「右目は戻らないってなったとき、お願いだから戻って欲しい、事故に遭う前に時間が戻って欲しい、全部……全部、夢だったらいいのに……って、何度も願って。朝起きると私の右目が戻ってるかもとか、左目も見えてるかもとか、ありもしない希望を持って毎日絶望するの」

白夜もうつむいていた。瑠唯が書きなぐった漫画原稿が見える。破れたそれを引っ張り出すと、大きく歪んだバツ印があり、息が詰まった。涙のあともあり、ふやけた紙がいくつも見つかる。

「ここに引っ越してきたのは事故に遭ってから。友達とか知り合いのいない場所に引っ越したの。本当はこの荷物も捨てたかった。でも、私は引っ越しに関わってないから。お母さんが勝手に持ってきたのね。だからここに閉じ込めたの」

瑠唯の淡々とした声がおそろしく、振り返れない。白夜は彼女の痛みを受け、何も言えなかった。しばらく沈黙が続き、瑠唯がためらうように息を吸う。

「死にたかった」

彼女は唐突にポツリと言った。

「いっそ死んでしまいたかった。もう夢が叶わないっていうのに、こんな体で生きてくなんて耐えられない。こんな顔じゃ外にも出たくない。確かに私は事故当時、正気じゃなかった。何度も自殺しようとした。本当に、死にたかった……怖くてできなかったけど」

「でも、左目は治る。そうだろ？」

堪らず口を挟むと、瑠唯は力なく笑った。

「治っても……漫画は描けないよ」

洟をすすり、涙声で苦しそうに彼女は言う。

「だったら治らなくていい。治さない。正気じゃないフリをして手術を先延ばしにする。そもそも手術も怖いしね。それに下手に希望を持ってしまったら、次の絶望で私は本当に壊れちゃうよ……生き恥をさらして生きるのは惨めでしょ？」

「そんなことっ……あるわけないだろ」

白夜は思わず立ち上がり、瑠唯の前に立った。

「生き恥なんて、そんな言い方するなよ」

「だったら私の目を元に戻してよ！」

瑠唯が声を荒らげる。顔を上げた彼女の右目は空洞だ。そこにすべての絶望が詰まっており、白夜は口をつぐんだ。

瑠唯もまた感情的になったことを恥じるように目をそらす。

「ごめん……私がこんなこと言えた立場じゃないのに。でも、私の生き方はそうなんだよ……もう決まってるの。諦めて何が悪いの。そうしないと、ずっと苦しいんだよ」

彼女は目を覆ってすすり泣く。

瑠唯の抱えるものが大きすぎて許容できない。そんな自分が情けないと思う白夜は、彼女の肩に手を伸ばした。

しかし、宙で止め、触れずに終わる。白夜はその場に座り、瑠唯の顔を窺った。

「じゃあ、どうしてあの晩、ひとりで外にいたの？」

できるだけ優しく訊くと、彼女は洟をすすりながら言葉を紡いだ。

「眠れなかったから」

呼吸を整え、息をついて小さな声で話す。

「お母さんはあんなだし、私のせいだけど。自由が欲しかった。ほんとは、外に出たらまた空想しちゃうから控えてたけど、でも、息苦しくて」

「そういうとき、あるよね」

「うん……それで、白夜くんに出会ったの。変人のフリしなきゃと思って。私が変なやつだったら、普通の人は逃げるでしょ。それなのに、白夜くんったら優しいから……引っこみつかなくなって」

白夜は眉間をつまんで肩を落とした。

「僕がお人好しだったな……」

それからの展開はなんとなく察しがつく。引っこみがつかなくなった彼女は嘘をつき続けなくてはならなくなったのだ。

「あのとき、さっさと逃げていれば君に嘘をつかせ続けることはなかったのかな」

「白夜くんのせいじゃない！　私のせいよ！　私が全部悪いの！」

投げやりな口調の白夜に対し、瑠唯が必死に言う。

「でも偶然出会ったのが白夜くんで良かった……私、あなたと一緒にいると目が見えていた頃のような自由さを思い出せたの。本当に楽しかった……今こんなこと言うのは違うと思うけど、でもこれだけは信じてほしい。あなただから一緒にいたかったの」

それはカゲヤマではない自分に向けられた言葉。

瑠唯のまっすぐな言葉に、白夜は目頭が熱くなった。

息を吸い、拳を握りしめる。彼女だけを責められるはずがない。

「君がもっと嫌なやつだったら良かったのに」

白夜は悔しげに呟いた。

瑠唯が涙を拭い、首をかしげる。

「僕のことをだまして遊んでるとかだったら、君のせいにできたのになって思っただけ」

「ははは、中途半端なやつでごめんね」

瑠唯は弱々しく笑った。

「ごめんなさい、白夜くん。もう私に構わなくていいよ。この青春ごっこはおしまい」

「逃げるの？」

つい非難するように言うと、瑠唯が眉をひそめた。

「逃げるって、そうじゃないよ。こんな私に構ってると、白夜くんの時間まで無駄にしちゃうでしょ。だから……」

「僕はそうは思わないよ」

「ええ？　ちょっと白夜くん、おかしいよ。普通、嫌でしょ、こんな欠陥だらけの人間を相手にするなんて……」

卑屈な言い方をする瑠唯。

これが彼女の正体なのだろう。天真爛漫なかわいい彼女はすっかり鳴りを潜め、別人のように思えても離れがたく感じてしまう。

「そうか、僕はやっぱり変だったんだな。おかしくないって言ってくれたのに、あれは嘘だったんだ」

「……嘘、じゃない。あれは本心だった」

瑠唯は顔をしかめて抗議した。それでも白夜は意地悪を続行する。

「他人が幸せそうだったらムカつくって言ったのも、壊したくなるって言ったのも、もっと素直な僕を見せてほしいって言ったのも？」

「やめてやめて！　蒸し返さないで！　恥ずかしいでしょ！」

「恥ずかしいんだ……」

瑠唯が耳を塞ぐので、白夜はつい噴き出した。これに瑠唯もようやく気をゆるめたようにいつもの調子で言う。

「全部本心だよ。あれが素の私。白夜くんと一緒にいたときの私は、今までより息がしやすかったよ」

「じゃあ、僕を遠ざけないでよ」

瑠唯の手をとって言えば自然と目の高さが同じになり、視線がぶつかる。

「……やっぱ変」

瑠唯が後ろめたそうにつぶやいた。

「分かった。じゃあ僕は変人でいい。それでいいよもう」

白夜はため息まじりに言った。

「じゃあ正直に訊く。君は本当に手術を受ける気はないんだね？」

「うん。ない。絶対に」

どうやら頑なな決意のようだ。

そんな彼女の意思を尊重したいと思うけれど、このままでは自分の気がおさまらなかった。あまりにもエゴイストな欲求が高まる。

そのとき、急に脳内が冴え渡った。このひらめきに自画自賛の拍手を贈りたくなる。

白夜は「分かった」とつぶやき、立ち上がった。

「実は僕も、小説や映画みたいな青春に憧れてたんだ」

「え？」

唐突な白状に、瑠唯はキョトンとした。

「瑠唯をモデルに小説を書こうとしてたくらい」

「は!?　なにそれ！」

驚く瑠唯に対し、白夜は平然とポケットからスマートフォンを出した。

「ほら、こんなにメモを取ってる」

「ちょっ……嘘でしょ？　てか見えないし」

「嘘じゃないよ。瑠唯の言動とか、カゲヤマ像をメモして演じようとしててさ、そのうちこれをもとに小説でも書いたらいいいんじゃないかと思ったんだよ」

すると瑠唯は信じられないとばかりに身を引いた。

「本気で言ってる？」

「うん、本気。あと、瑠唯のそのネタ帳とか見たらやる気出てきたかも」

白夜はスマートフォンをポケットに仕舞い、背筋を伸ばした。

「僕らの青春も物語になると思うんだ」

「だからって、なんで急にそんな……」

瑠唯はまだ驚きが拭えないようで、目をしばたたかせるばかりである。

「はー、意味分かんない。小説、書いたところで私は読めないんだからね」

「はいはい。まぁでも持ってくるからさ。期待して待ってて」

白夜は得意げに言った。しかし、胸の内ではまだくすぶっている罪悪感がひっそりと顔を覗かせていた。

――ごめん、瑠唯。僕は僕の願いを叶えることにするよ。

白夜は胸元のシャツを握りしめ、深く深呼吸した。

家に帰る前にコンビニへ向かい、ノートを買った。そうしてその夜から執筆を開始した。

たまに胸のしこりが痛むが、書いていればあまり気にならなくなる。

「大丈夫。瑠唯の目が治るまでだ。それまで持ちこたえろよ」

5

それから少し熱っぽい日があり、学校を休みがちになった。眠れない夜を執筆に費やしたせいか、季節の変わり目だからか、思いに反して体がついていかなかった。

それでも一度宣言した以上は書かなくてはいけない。小説は本当に昔から書いてみたいと思っていたが、なかなか気が乗らなかったのだ。

それに更新されないネット小説の続きを想像することも楽しく、真似事をしたくなるのは必然だったのだろう。

これで退屈から解放された。

物語の主人公は影山、ヒロインはメイという名前の少女。設定が安直だと思うけれど、楽しかった。


失明間近に迫る。メイはかなしみを湛え、僕に言った。

「だったら私の目を元に戻してよ！」

悲痛な叫びが僕の胸を突き刺す。僕はやはり何も言えず押し黙る。

「いいんだよ、もう……全部諦めたい」

「そんなこと言うなよ」

僕はつい口を挟んだ。

「大丈夫。僕がついてる」

メイの手を握り、僕は強い口調で言った。

「だからさ、死にたいなんて、そんな悲しいことを言わないで」

死を待つだけの僕よりも、君の未来は明るいはずだから。

小説は順調に進み、十月が終わるころにはB5版ノート一冊が埋まっていた。白夜は体調を整えたあと、数ページ書いたら瑠唯のもとへ行き、一話ずつ読ませた。

最初は嫌がって「読めない」と言う瑠唯だったが、白夜が張り切って音読すれば彼女もいやいやながら、目をしっかりノートに近づけて読み始めた。

また小説を書いて読ませるようになってからは、夜の散歩も秘密のお出かけもしていない。ずっと瑠唯の家にいるか、自宅にいるかのどちらかだった。

「……ねぇ、これ設定盛りすぎじゃない？」

唐突に瑠唯が布団の上で読みながら言う。嘘がバレたあとの瑠唯は、あまり飾らない、素の姿を見せるようになってきた。

「え？」

白夜は瑠唯から背を向け、ベッド脇に置いたミニテーブルで小説の続きを書いていた。瑠唯を見ずにペンを回す。

「だってさ、主人公の影山は余命わずかなんだよね？　それでヒロインのメイちゃんは失明間近。どっちか一つのほうが良かったんじゃない？」

「そのほうが盛り上がるだろ」

「いやいやいや、盛りすぎだって！　シンプルなほうが分かりやすいって！」

瑠唯がノートをパンパン叩いて抗議する。

しかし、白夜は曲げずにこの設定を貫きたい。やんわりと瑠唯を諭す。

「ネット小説とか、最近流行ってる青春小説はさ、結構そういう設定多いよ」

「ええ、意外……白夜くんがネット小説読むなんて。めちゃくちゃ好きだね、小説」

そう言う瑠唯だが、まだ怪しんでいるようだ。どうやら物語のことになると厳しい目を持つらしい。

しきりに首をひねっているが、スマートフォンで検索をかけた結果、読み上げられたＡＩ音声を聞いて、白夜の言う通りであることが判明した。それでもまだ瑠唯は不服そうに唸る。

「そうなんだ……しばらくエンタメから離れている間に世間ではこういうのが流行ってたのね」

「瑠唯はもう少し世間と繋がりを持ったほうがいいよ。諦めるんじゃなくてさ、この小説みたいに前向きになってみようって思わない？」

そうからかうように言ってみると、瑠唯は「うっ」と胸に何かが刺さったかのように呻いた。

「これ、私たちがモデルなんだった……」

「ちなみに、ラストはもう決まってる」

白夜はノートにペンを走らせ、時折ミスを消しゴムで消しながら続けた。

「ただ、そこまで行き着くのにまだ時間がかかりそう……うーん」

次の展開を書こうとするも、ペンが動かない。コツコツとペン先でノートを叩きながら、白夜は宙を見上げる。

すると瑠唯が冷やかすように笑った。

「思ったより続くね。初めて創作してる割には執筆速度が速すぎる」

「書いてみたいとは思ってたんだよ。でもきっかけがなくて。君のおかげで書いてみたら、案外楽しくてすごく続くよ」

「うーん、そっかぁ。『好きこそものの上手なれ』っていうしねぇ」

瑠唯は感心したように言い、読み終えたようでノートを閉じた。「ふぅ」と息を吐き、目をこする。

そんな彼女に対し、白夜は軽口のごとく言葉を投げる。

「手術受ける気になった？」

「えっ……うーん」

瑠唯は困ったように首をかしげ、そのままベッドに倒れこむ。ノートで半分顔を隠し、宙を見ながら考えていた。

「このメイちゃんは治るの？」

「治るよ」

白夜はあっさりと返した。

「これはそういう物語だから。やっぱり物語には希望がないと」

「しょせん綺麗事じゃん」

瑠唯がつまらなそうに呟く。

そんな彼女に白夜は笑い返した。

「いいんだよ、綺麗事でも。だってそのほうがいい」

「なんで？　都合良すぎじゃない？　現実は過酷でつらいだけなのに……」

瑠唯の言いたいことは分かる。

しかし白夜は頑なに意見を曲げない。

「だからだよ。綺麗事に救われることもある」

そう言うと瑠唯が起き上がり、白夜の頭に手を乗せた。

「ほんとに？」

「うん、ほんと。僕がそうだったから」

白夜はちらりと振り返りながら言った。

瑠唯が白夜の顔を見ようと頬を両手で包む。

彼女の指先はわずかに熱を持っており、出会った頃の儚げな様子はなく、生気を取り戻したように思えた。おそらく彼女も嘘をついて過ごすことに後ろめたさを感じ、ストレスになっていたのだろう。

「ねぇ、白夜くん」

「ん？」

「ちょっと痩せた？」

怪しむように言う瑠唯。その目はしっかり自分を見ているが、表情までは分かっていない様子だ。

「ちゃんとご飯食べてるの？　創作って、衣食住忘れがちになっちゃう人もいるっていうけど」

「大丈夫だよ」

白夜は瑠唯から目をそらした。そのとき少し咳が出てしまい、あわててそのまま咳払いしてごまかした。

6

小説を書く日々が続く。そのせいで家から一歩も出ない日もあった。

その際は瑠唯に連絡を入れ、執筆に専念した。とにかく思いつくまま書くしかない。

【本当に大丈夫？】

瑠唯からの連絡に、時折返事しながら白夜は書く。

【大丈夫だよ】

【電話できない？】

【今書いてるからなぁ】

【無理して書かなくていいよ。私、小説は別にそこまでだし】

瑠唯の言葉は後ろ向きだ。そんな彼女には申し訳ないが、一度やると決めたら貫きたいもので、白夜はあの手この手で瑠唯をからかった。

【僕にあんな嘘ついたくせに？】

【それはもう謝ったでしょ】

【僕の願いを叶えてもらわないと許さない】

【ひどい！】

しかし、瑠唯はこのやりとりも楽しいようで、頑張って文字を入力して連絡してきた。

白夜はこの時間がこれまでで一番幸せだった。『カゲヤマ』を演じていいこともあったが、やはり後ろめたくもどかしい時間が長かったのだ。

それでも彼女への気持ちは伝えられない。

「まぁ、でも僕の思いはこの小説に残せたらいいんだ」

それに瑠唯が「目を治す」と言うまで書き続けるつもりだ。

しかし、また熱が出た。このところ根を詰めすぎたらしく、体調が良くない。気づけば十一月となっており、気温も冬らしくなってきた。それが良くなかったのだろうか。

だが続きを書かなくては瑠唯の心を変えることはできない。

両親が代わる代わる様子を見にきていたが、布団の中で思いつく限り小説の続きを書いた。

咳が止まらない。頭が割れそうに痛い。食事が喉を通らない。そのせいで口内が荒れる。体がどんどん壊れていく自覚があった。

父も母も言葉にはしないが、つらそうな顔を見せていた。そのたびに「ごめん」と謝るしかない。

時間がないと感じる。

それでも、書く手だけは止めなかった。

7

十二月になると天気の悪い日が続く。白夜は焦りを感じていた。

いよいよ体調も戻らず、家から出ることが難しい。それでもいくらか体調がいい日は弱々しい日光を浴びて過ごしていた。

今日も庭に置いたアウトドア用のラウンジチェアに座り、ダウンジャケットにくるまって小説を書いている。

病は理不尽だ。僕の体を平気で脅かす。

だからだろうか。生きていることを証明するかのように誰かの支えになりたがるのは。

自分でも分からない不思議な欲求が、病んだ胸の中から湧き出してくる。

「メイ、諦めるなよ。また綺麗事なんてって言うかもしれないけどさ、でもそれでいいじゃないか。それにすがって救われることもあるんだから」

これも気休めなのだろうか。でも、そう思ったんだから仕方がない。

君に伝えたいことがたくさんあるのに、言葉がうまく出てこなくてもどかしい。

メイは不満そうに頬を膨らます。彼女が前向きになるのは果たしていつなのだろうか。

そこまで一気に書いたら少し休憩しようと顔を上げる。首が痛くなってきたのでゆっくり回した。

ふとスマートフォンを見ると、瑠唯からの着信が何件か入っている。次、電話がきたら出ようと思っていたらすぐに電話がかかってきた。

「もしもし？」

『あ、白夜くん？　ねぇ、ぜんぜん連絡がないからびっくりしたよ』

「ちょっと風邪をこじらせたんだ」

瑠唯の声が耳に心地よく感じられる。『そうなの？』と不審そうに訊く瑠唯。白夜は明るい声を返した。

「そうだ、瑠唯。明日さ、海に行かない？」

「え？　体調は？　いいの？」

「うん。さすがにずっと引きこもってると余計に具合悪くなりそうだし、小説の続きも溜まってるし。もうすぐラストまでいくんだ」

そんなことを言っていると、背後で誰かが動く気配がした。母が心配して様子を見に来たらしく、ふり返ると母が困惑気味に目をそらしてソファに座った。

「……ね、瑠唯。話したいこともあるしさ」

母の様子を気にかけながら白夜はトーンを変えずに言う。

すると瑠唯は『うーん』と唸り、しばらくして承諾した。

『分かった。結局、海に行けてなかったもんね』

「うん。君の願いを叶えなきゃ」

そうしてまた改めて海へ行く計画を連絡すると告げて電話を切る。

白夜はラウンジチェアから立ち上がると部屋に入った。

「母さん」

「ん？」

母がコーヒーの入ったマグカップを持ったまま強張った表情で笑う。

「車出してほしいんだけど。さっきの、聞いてたよね」

「え……うん。いいけど」

自分でも不自然なほど無邪気に頼んだような気がする。

現に母も戸惑った顔をしていた。

「白夜、あなた……」

「ありがとね、母さん」

白夜は母の言葉を遮り、自分の部屋へ向かった。

＊　＊　＊

「あの子？」

翌日、運転する母が怪訝そうに訊く。

瑠唯はなんとか母親を説得したようで、ひとりで家の前に立って白夜を待っていた。

「そう。あ、近くまで寄せて。僕が迎えに行く」

白夜はシートベルトを外した。車を家の近くで停車させると、白夜はドアを開けて瑠唯の前に立つ。

「瑠唯」

「白夜くん、久しぶり」

「うん。急にごめんね」

そんな挨拶を交わし、白夜は瑠唯の手を取って後部座席に招いた。母が車中から後部座席のドアを自動で開ける。

「瑠唯ちゃん、こんにちは」

母がすぐに声をかけると、瑠唯はかしこまったように姿勢を正した。

「あ、あっ、こんにちは！　今日はありがとうございます！」

「いえいえ、気をつけて乗ってね」

母が言うと同時に白夜は瑠唯の手を取って一緒に後部座席に乗り込んだ。彼女が着席するとドアが閉まり、車がゆっくり進む。

母は前日に白夜から瑠唯のことを聞いていたが、話しかけようとはせず運転手に徹していた。そんな母の気遣いがありがたい。

「ねぇ、白夜くん……本当に大丈夫なの？」

瑠唯の声音は不安を帯びている。白夜は窓の外を眺めながらそっけなく答えた。

「大丈夫だよ。海についたら言うから」

「う、うん……」

白夜もまた緊張していた。

海で彼女に伝えなくてはいけないことが山程ある。しかし、どれも伝えづらいものなので頭の中でシミュレーションしなくてはならない。そうして頭の中で言葉を考えていると気が紛れるから良かった。

地元の海までは車で一時間はかかる距離である。その道中、とくに車中は盛り上がることはない。

「あ、そうだ。瑠唯」

住宅地を抜けて山道に入ったところで、白夜がふと口を開いた。

「小説、続き書いたから読んでてよ」

「え？　今？」

「退屈だろ」

脇に置いていた角形二号の封筒を引っ張り上げ、中身を出す。ノート二冊分の小説を瑠唯に渡した。

「うわ、相変わらず読み手無視の手書き……」

「そのほうが書いてて楽しいんだよ。諦めて。ちゃんと読みたいんなら目を治して」

「うーん……オーケー、読むね」

瑠唯は気を取り直したように言うと、ノートをめくってじっと目を細めて文字を追いかけた。

車はゆったりと同じペースで静かに走っていく。時折雲から伸びる太陽の白い光が窓に反射したが、白夜は居眠りをしていた。

隣では瑠唯が静かに文字を追いかけて小説を読んでいるが、たまに疲れを感じたのかノートから離れて目を閉じていた。

そうして一時間後、車はようやく停車した。

「ついたよ」

母に声をかけられ、瑠唯が白夜の手を取る。居眠りから目覚めると、駐車場の真ん前に灰色の海が見えてきた。

瑠唯を先に車から降ろす。彼女はノートを握りしめたまま遠くに広がる海をじっと見つめていた。その隙に母がくるりと振り返って言う。

「白夜、本当に大丈夫？」

「うん。大丈夫。ごめん、心配かけて」

何気なく返すと、母は「ううん」と強張った声を漏らす。

「何かあったら言って」

「うん。何もないようにする」

そう軽く言うと白夜は、瑠唯を追いかけて駐車場を出た。あの夜散歩のように手をつなぎ、浜へ入る。

「ごめんね、瑠唯。本当はふたりきりで、あの夜みたいに君をここへ連れてきたかったんだけど」

前を歩く白夜の手を握りしめる瑠唯は「ううん」と小さく呟いた。

「海も、夏のほうがやっぱりキレイだよね」

あの未熟な星空や夜景、満点とは言えない花畑。そして寒風吹きすさぶ十二月の海。どれもこれもきらびやかな青春とは似つかわしくない未完成な景色だ。

でも、いくつか補正されているのか思い出の景色はそう悪くないものだと思える。

小説にはすべて理想を詰め込んでいるが。

そんなことを思い出し忍び笑いしていると、瑠唯が「そうだねぇ」と苦笑混じりに言った。

太陽が雲間から顔を出す。波しぶきが立つその景色の中で、白夜は立ち止まると瑠唯の手を引いてその場に座らせた。

「海、見える?」

改めて訊くと、彼女は「うーん」と困惑した。嘘をつけばいいのに、こういうところは素直な瑠唯である。

白夜は足を投げ出すように伸ばして深呼吸した。

「やっぱり青春ものには海だよなー」

「ここまで自分の理想の青春を押し付けてくる人もなかなかいないよ。わざわざこんな天気に海だなんて。もっと青くてキラキラで、暑い日に見る海が好きだよ、私は」

瑠唯は呆れて笑った。しかしその笑い声にはあまり力がない。

白夜も彼女の空気を察するが、どうにも本題に入るタイミングがつかめなかった。

「そうだ。小説どこまで読んだ?」

「私、車の中で読むと酔うタイプなんですよねぇ」

瑠唯がおどけるように言う。

「だからまぁ、半分も読めてない。そもそもやっぱり文字を読むのが大変なんだもん。白夜くんの字、たまに汚いし」

「そっか……ごめんね」

白夜は素直に謝った。その声がかすれた。思うように声が出せない。咳が飛び出し
「ごめん」と苦し紛れに言う。

それがいけなかったのか、瑠唯が横で急に洟をすすった。

「白夜くん……」

彼女の目を見ると、大粒の涙を流している。ノートを持つ手が震えている。

「ねぇ、この物語は本当の話じゃないよね？　フィクションだよね？」

「……フィクションにしたら、瑠唯の目が治らないから」

彼女の涙から目をそらす。

瑠唯はもう顔を覆って嗚咽を漏らした。

「嘘だと言ってよ」

「ごめん」

「なんで、こんな……死んじゃうなんて、あんまりだよ」

白夜は冷たい息を吐いた。太陽が雲に隠れる。

白夜はもう自分に嘘をつくことをやめ、自分の病を認めた。

「まだ死なないよ」

ようやく出した言葉は自信のない声として出てきた。すると瑠唯は堰を切ったよう
に問いかける。

「そこまで物語どおりなぞらなくていいのに。それとも、この物語のように私と会う前からだったの？　病気で余命わずかで、もうあとは死ぬのを待つだけだったって」

「あぁ」

瑠唯はノートを握りしめて、しばらくうつむいたまま泣いていた。

もう長くない。医者にそう言われたのが遠い昔のように思える。それでも日常は続き、瑠唯に出会った。

この残りの人生をどう過ごすか考えていた矢先のことである。

せっかくの思い出が涙で終わるのは忍びない。

しかし時間がない。白夜は投げ出していた足を曲げてうなだれた。

瑠唯は洟をすすり、ため息をこぼし、また嗚咽を漏らして考えている。そんな時間がしばらく続いた。

「……どうりでね」

波の音に紛れる彼女の声。

「どうりで途中からおかしいと思った。私の嘘がバレたあたりくらいから、違和感はあったの。学校に行かなくなったり、急に小説書き始めたり、やっぱり痩せたし」

「そりゃそうだね……十月くらいから学校も辞めたからさ。さすがにもうごまかしがきかなくなって」

「結局、文化祭にも参加しなくて、みんなと仲違いしたままなの？」

瑠唯の問いに白夜は小さく笑った。

「そういうもんだよ」

「なんで、みんなに言わなかったの？　その答えは分かっているようにも思える。

瑠唯はためらうように訊くが、その答えは分かっているようにも思える。

白夜が彼女を見ると、両目が自分を捉えていた。じっと真剣に怒ったような目をしている。その顔に責められても怯むことはなかった。

「瑠唯なら分かるんじゃない？」

「そりゃ……心配かけたくないのと、ほっといてほしい気持ちがあったんだろうなとは思うよ。でも、こんな……こんな寂しいお別れの仕方、あんまりじゃん。白夜くんはそれでいいの？　不名誉なままみんなの前からいなくなって、それでいいの？」

白夜は答えなかった。その気持ちがないわけではない。

物語の主人公なら親しい相手には早めに白状して、大団円で学校を去っていくだろう。小説のカゲヤマもそういう選択をした。

しかし現実はそううまくはいかない。

「前、言っただろ。僕は別に学校でもそれほど目立つタイプじゃないし、いてもいなくても同じだった。それにやっぱりクラスの連中を見るとムカつくからさ、じゃあ別に僕にとって大事でもなんでもない。一緒にいる必要はないって思っただけ。そういうものだよ」

瑠唯はスンと洟をすすった。見ると彼女の鼻は赤く染まっている。それでも手を握って慰めることはしなかった。ずっと残り続ける罪悪感が重い。

だんだん色あせていく海をただじっと眺め続けるしかなかった。

「見せたくなかったんだよ」

ふと思いついた言葉を落とす。

「自分だって信じられなかったし、実感なかったし。でもやっぱりさ、体は勝手に悪くなっていく一方だし……きついとかつらいとか、苦しいとか痛いとか、言いたくなかったんだよ」

我慢しなくていいと言ったのは姉だった。

それでも言えなかった。現状と感情から目をそらせば心は壊れずに済んだから。

自分に嘘をついていなければ気が狂いそうだった。

「あ、でも『だるい』はよく言ってた」

「言ってたね」

瑠唯が複雑そうな相槌を打つ。それだけでこの空気の重さがほんのわずかに軽くなった。

「どうりで、あの展望台の坂を上りたがらなかったわけだよ」

瑠唯が思い出すように言う。少し落ち着いたのか、つらい気持ちを押し殺すように彼女は嘘の笑みを浮かべた。

「私にもそのつらさを分けてって言ったのに」

「ごめん。それは無理だった」

「うん……抱えてるものが違うもん。でもこのまま私に何も言わず死んでたら、私が壊れるところだった」

瑠唯は大きなため息を空に投げた。

そのため息はきっとあの雲になるに違いない。そんな妄想をしながら白夜は次の言葉を考える。

「抱えてるものはそう変わらなかったと思うよ」

「え？」

瑠唯がこちらを見る。白夜も彼女を見ながら真剣に言った。

「僕たちはただ運悪くほかの人より重たいものを抱えてた。死にたがっていた君と、死ぬことが決まっていた僕。どちらも悲惨で嘘つきで、自分自身に足を引っ張られて普通の生き方ができなかった」

瑠唯は静かに頷く。

「そしてこれからもそう。僕は先に死ぬけど、この生きてる間もまぁまぁきつかったし、君もこれからつらいだろうし大変だと思う」

一息に言ってもそれでも言い足りない。「でもさ」と続け、白夜は少し目を伏せた。

「僕は最期の生き方を自分で決めた。君を利用して、自分のやりたいことをやった。生きてた証を残した。多分、こんなことにならなければ絶対にやらなかったことだけど」

瑠唯が持つノートを見つめる。

まだ最後まで書けていない物語。その結末を書くのが怖い。

そんな気持ちはこの期に及んでも絶対に言えない。

瑠唯は呆然としていた。そして、雲間から差し込む強い光から目をそむける。そんな彼女の手を取る。

「瑠唯」

しかし、後は続かなかった。再び咳が出てしまい、格好がつかない。瑠唯は気遣うように白夜の背中をこわごわさすった。

「ごめん。瑠唯」

「ううん。もう戻ろう。分かったよ、じゅうぶん分かった。白夜くんの気持ちはもう……」

「まだ。もう少しだけ」

瑠唯は顔を横に振った。立ち上がろうとする彼女を引っ張り、白夜は呼吸を整え、ゆっくりと息を吐き出して言う。

「これだけ君の願いを聞いてきたんだ。最後は君が僕の願いを叶えてよ」

「白夜くんの願い……？」

「うん。言わなくても分かるだろ」

笑ってみるも、瑠唯は笑ってくれない。しきりに首を横に振り、再び流れる涙を拭うこともできずにいる。

「分かってるだろ」

「分かんない。嫌だ」

しかし彼女は白夜の微笑みに負け、泣きじゃくりながら言った。

「目、治すよ……私の夢、叶えるから。この物語みたいに」

そして彼女は精一杯の強がりを見せ、泣き笑いする。

「だから、それまで死なないでね。約束だから」

――約束……

白夜は瑠唯の手をしっかり握りしめた。

自分でも驚くほど涙があふれてきた。

それを見られたくなくて、つい彼女の肩に顔をうずめる。

「約束するよ」

8

瑠唯の手術の日取りは素早く決まった。

十二月二十五日。何もこんな日に行わなくてもいいだろうと瑠唯は文句を垂れていたが、着々と進む準備を朗らかに待っているようでもあった。

白夜も穏やかに過ごそうと決めた。瑠唯の手術が成功し、目が見えるようになった段階で小説のラストを書こうと思っている。

しかし寒さは厳しくなる一方で外へ出ることもままならなかったので、瑠唯と会うことはできず電話をするしか手立てがない。声を出すのも億劫だった日はメッセージを送っていた。

そうして時が過ぎ、瑠唯が入院する前日になった。その日はどうも白夜も落ち着かず、久しぶりに眠れない夜だった。

ベッドから起き上がり、重たい体を動かして窓の外を見る。

目が治った瑠唯はひとりでも歩けるようになるだろうか。

片方の目だけでも夢を叶えることができるだろうか。

今にして思えばあの海で言ったことは、綺麗事に過ぎなかった。

彼女の未来にはまだ幾重もの壁が待ち受けている。それを乗り越えてくれるだろうか。

——瑠唯に会いたい。

急激にそんな強い感情が湧き、気づいたときには外に出ていた。

絶対にこんなことをしていたらダメだと分かっていたが、心が突き動かされた以上は自分でも止められることではなかった。

今、会っておかないと後悔する。

死の淵に立って後悔するのはやっぱり嫌だった。

乾いた空気と濃紺の空が、なぜだかあの熱を帯びた夜と重なっているように思える。

やがて瑠唯の家が見えてきた。そこには示し合わせたように彼女がいた。

「瑠唯！」

声をかけると瑠唯が振り向いた。白夜の姿を探すように視線を這わせる。そんな彼女の手を取る。その勢いのまま彼女を抱き寄せた。

「白夜くん？　なんで？　嘘でしょ？」

瑠唯があわてふためく。

「こんな時間に出てきちゃダメだよ！　早く家に戻って！」

「無理。瑠唯に会いたかったから」

しかし瑠唯は「バカ！」と罵倒した。

「バカだよ……私との約束、守らなかったら許さないんだから」

バカなことをしているのは分かっている。それでも昔から今までも感情を優先させてしまうことがある。今日もそういう日だった。

「仕方ないだろ……なんだか落ち着かないからさ」

「そうなの？」

確かめるように訊く瑠唯は上目遣いに白夜を見ていた。

「……私も会いたかった。落ち着かなくて、眠れなかったから」

ようやく瑠唯も落ち着きを取り戻したのか、観念するように言う。

「こうして夜に会うと、初めて出会ったときのことを思い出すね」

もう随分夜の下で会うことはなかった。瑠唯と同じ気持ちなのがむずがゆく、白夜は小さく笑って彼女の手を引いた。

「こうして歩くのももう最後かな」

「やめてよ、縁起でもない」

瑠唯が寂しそうに言う。白夜は「いやそうじゃなくて」とすぐに訂正する。

「君の目が見えるようになったら、もうひとりで歩けるだろ」

「それでも白夜くんと手をつないで歩きたいよ」

瑠唯は素直に言った。つないだ手が熱を帯び、互いの温度が混ざっていく。

「本気で好きにならないって約束、なんだかもうやむやになってきたね」

軽口のように言うと、瑠唯が「あはは」と小さく笑う。

「それって、本気で私のこと好きになってるみたいじゃん」

「好きだよ」

サラリと言えば、彼女は息を止めた。

「今さら何言ってるんだよ。こんなに好きなのに、気づいてなかったの？」

「……目が見えないからさ」

ふり返ると瑠唯が困ったように言う。しかしその顔は恥ずかしさを耐えるようなしかめっ面だった。

「そういうことは、表情が見えないと本気かどうか分からないよ」

「そういうものか……」

白夜は少し落胆した。まだまだ彼女に伝えきれてないことが多いような気がする。

やがてふたりは始まりの森の前にいた。

「あんなにいろんな場所に行ったのに、結局ここにたどり着くんだよな」

白夜は乾いた笑いを漏らした。

「でも、やっぱりここが一番いいと思うよ。全部ここに詰まってる」

そう言うと瑠唯は先を行こうと踏み出す。慌てて瑠唯より先に中へ入り、しばらく湿ったアスファルトの上を歩き、神社の前にたどりつく。

「そう言えば、あの日以来ここに来てないような」

ふと瑠唯が言う。ろくに見えてないはずなのに、古い神社の前にいると分かっているような口ぶりだった。

「あの日?」

「ほら、キスしようとした日」

「あぁ……」

瑠唯はからかうように言ったが、白夜の反応は薄い。

「なんかテンション下がったね?」

「いや……そう言えば、結局キスしてなかったなって後悔が」

「ふざけてる?」

「ふざけてない」

白夜の平然とした口調に瑠唯が怪しむように目を細める。

「そう……」

瑠唯のテンションもだいぶ下がっていった。しばらく押し黙る。

握った手が熱く、体温も上昇するよう。

やはりあの夏の夜を思い起こす。

「私も、白夜くんのこと好きだよ」

「うん」

すぐに答えると、瑠唯は呆れたように息をついた。

「なんでそんなにそっけないの？　声で分かるって言ったでしょ。嘘でもいいからさ、もっと感情的に……」

文句を垂れる彼女の口を塞いだ。

とっさの行動に瑠唯は驚きで目を丸くしたが、白夜の唇を感じ取って、ゆっくりとその熱を受け取るように目を閉じる。

「……伝わった？」

静かに離れても、視線はあまりにも近い。彼女のまつげがゆっくりと動き、大きな目が白夜を捉える。

まだ呼吸を止めたままの彼女は小さく頷き、恥ずかしそうに白夜の胸に顔をうずめた。

「……ずるい」

くぐもった声で彼女は悔しそうに言う。

「もっと好きになるじゃん」

白夜はそっと彼女の頭を撫で、抱きしめた。

――あの夏に戻りたい。

その願いを寒空に預けるように見上げると、星のまたたきのような粉雪が舞っていた。

＊＊＊

目を覚ましたら真っ白な天井が鮮明に見えた。

しかし、すぐにぼやける。

鮮明だと思ったのはいつもよりよく見えたからだろう。

術後すぐに包帯は取れず、しばらくそのままだったのだがようやく今日、暗闇から解放される。

医者と母の表情も前よりはっきり分かり、ホッと安堵したが妙な胸騒ぎが止まらない。感動する母をよそに、瑠唯はずっと白夜のことを考えていた。

――白夜くんに会いたい。

彼の顔立ちははっきりと分からない。

だから病院ですれ違う同じ年頃の男性を見ると確かめてしまう。それでも彼の状況を訊くことができなかった。

メッセージを送るのも怖かった。もし返ってこなかったらと考えたら不安に押しつぶされる。

退院の日、家に戻る準備をし、病室を出たら三人家族とすれ違った。中年の男性と女性、明るい髪の大学生くらいの女性。なんとなくふり返ると、中年女性のほうが振り返った。

「やっぱり、瑠唯ちゃん？」

その声に聞き覚えがあり、瑠唯はすぐに駆け寄った。

「白夜くんのお母さんですよね？　やっぱりそうだ。白夜くんは……あ、そうだ私、目の手術、受けたんですよ。左目だけですけど、前よりは見えるようになって、こんなことなら早く受けてたらよかったなぁって思って……」

つい早口で話してしまう。

そうしないと嫌な予感が拭えなかった。

訊きたくても訊けない。しかし、無情にも白夜の母親は涙を呑みながら申し訳なさそうに言った。

「瑠唯ちゃん、よく聞いて」

「……っ」

「白夜は――」

第五章　あの夏に帰った君へ

1

心が引き裂かれる思いというのは、おそらくこういう状況のことを言うのだろう。

白夜は瑠唯の手術の日、静かに息を引き取ったらしい。最期は両親と姉の手を握り、苦しむことなく旅立ったそうだ。

お別れの挨拶はなかった。葬式もすでに済み、彼はもうこの世にいない。

その事実を突きつけられ、瑠唯はその場に座り込んで声を上げた。それ以外の言葉は聞こえなかった。

「嘘つき！」

ただしきりにそう叫んだ。


立ち直るのに時間が必要だった。彼の遺影を見ると涙が止まらなかった。

初めて見た彼の笑顔が遺影になるとは思いもしない。

癖のある黒髪、子犬みたいな愛嬌を持った顔立ちで優しそうに笑う白夜の顔は、今までろくに見えていなかったのに、なぜだか自然と彼であると分かる。

もうこの世界のどこにもいないなんて認めたくなかった。

それでも彼が願ったように前を向こうとした。外に出て、いろんな景色を見て、鮮明な時の流れを感じて生きていこうと思う――しかし、無駄だった。

現実はそううまくいかないことを瑠唯はよく知っている。

気丈なフリも長くは続かず、彼の死を受け入れていくにつれて表情を動かすことができなくなった。カーテンを閉め切り、二階の部屋に閉じこもり、ただ息をするだけのものと化した。断片的なことしか思い出せないほど、毎日が苦痛で仕方がない。誰とも話さず、食事もろくに喉が通らない。母親は心配していたが、以前のような過保護な様子はなく、しつこく瑠唯の生活に干渉しなかった。

そうして無色透明な日々が流れた。

2

一年経っても瑠唯の心は晴れなかった。これでは目が見えないままのほうが幸せだったかもしれない。白夜と出会わなければ良かったかもしれない。

自分がなぜ苦しいのかも分からなくなってきた。

彼の命日の日、瑠唯は布団に横たわったまま呟いた。

「いいよね、白夜くんはさ。私にいろんなものを押し付けて、さっさと死んでさ。偉そうに言って約束して。バカみたい。あの時間、なんだったのよ」

口を開けば恨み言しか出てこない。

「やっぱり綺麗事じゃん。私の目が見えたところで何も変わらないのよ。あなたの死を乗り越えて健気に頑張って生きていきます、なんてそんな、小説みたいに言えば良かったの？　あなたの物語のようにはいかないのよ」

瑠唯の性格は天真爛漫とは程遠い、卑屈にまみれている。それは白夜と出会う前からそうで何も変わらない。

きっと彼はきれいな思い出を持って旅立ったのだろう。それでいいとは思うが、残されたこちらとしては何も良くない。

――あなたは私のこと、全部は理解してなかった。

恨んで寝て、息をして寝返りを打つ。その繰り返しだった。

そんなある日、突然の訪問者が現れた。この家での訪問者は白夜以外にいなかったので、久しぶりに玄関先がにぎやかで苛立つ。

母の戸惑いと驚きをかき消すような女性の笑い声。それはどうにも忘れられない声だったので、思わず部屋から飛び出した。

音を立てず、階段を下りて様子を窺うと、その女性がリビングに招かれる場面に居合わせる。

「あら、瑠唯ちゃん。お久しぶりです。覚えてるかな？」

「白夜くんのお母さん……こんにちは」

瑠唯は目を合わせず、その場で立ち尽くした。声が思うように出なかったので、もしかしたら聞こえていないかもしれない。

白夜の母は首をかしげつつも微笑みを向け、リビングへ入っていった。

「瑠唯もどう？」

母が遠慮がちに声をかけてくるが、素直になれずに階段に座り込んでおく。そんな娘に対し、母は仕方なさそうに息をついて白夜の母親をもてなす準備に入った。

「すみません、急に押しかけてしまって。あれから白夜の部屋を整理したり、いろんな手続きや報告なんかでバタバタしてて。瑠唯さんのことは気にかけていたんですが、こんなに日が経ってしまって」

白夜の母親が申し訳無さそうに言う。明るく気さくな人のようで、悲壮感は漂っていない。

「いえいえ……本当に、娘のことで白夜くんにはとてもお世話になりまして……娘から話を聞いて、古野さんのお宅へ伺おうと考えてたんですが、娘がずっと引きこもってしまって、会話もままならなくて……本当に申し訳ありません」

一方で瑠唯の母は恐縮しており、余裕のなさが声ににじんでいた。

「そんなかしこまらないでください。お互い、きっとそれどころじゃなかったでしょうし。いいんですよ。こうしてお会いできただけでもうれしいです」

それから母たちはゆっくりと打ち解けていく。しかし白夜の話にさしかかり、瑠唯はいても立ってもいられず部屋に戻った。

いつものように布団に身を投げ出し、じっと目をつむる。

白夜の母親の気丈な振る舞いに苛立ちが湧いた。

彼がこの世からいなくなっても、世界は回り続け、周囲の人々は日常生活へ戻っていくのだ。

そんな現実があまりにも残酷で、自分が右目を失った日を思い出した。

中学三年生の修学旅行中、不慮の事故に巻き込まれた。車同士の事故だったが、猛スピードでの衝突だったせいで周囲の人々を巻き込む大惨事だった。

その渦中にいた瑠唯は、当時の状況があまり思い出せない。爆風に立っていられなくなり、右目から頬にかけて激しい痛みが襲い、そのまま意識を失った。

そして目を覚ました時には右目がなくなっていた。

当たり前のようにあるはずだった自分の一部が消えたことに動揺し、混乱し、しばらくは暴風のように荒れ狂った。

ふとしたときに事故のフラッシュバックで叫んだ。震えが止まらない夜が続いた。目がなくなった自分の顔を見るのが嫌で、鏡を叩き割った。自分でも止めようがないほど気が触れていた。

そして、目を覚ませば元に戻ると本気で信じていた。だが、無情にも現実は何も変わらない。そして自分の右目がなくなっても、左目の視力もほとんど失いかけても、周囲は平然とした様子で日常を送っていた。

看護師たちの笑い声が憎たらしい。医者の態度に腹を立て、罵倒もした。とにかく周囲の人を傷つけなければ気がすまなかった。

あまりにも瑠唯は壊れていた。

それでも時間が経てば現状を受け入れるしかない。半ば追い出されるような形で退院し、自宅療養したが、その頃にはすでに高校入試の時期がとっくに過ぎていた。志望していた学校を受けるどころか、日常にも置いていかれているように思える。

通信制高校の編入をすすめられたが強く拒んだ。

――こんな目で進学できるわけないでしょ！

本気でそう思っており、とにかく塞ぎ込んでいた。二階の部屋に這い上がり、山積みになっていた漫画の道具やスケッチブックを壊した。原稿用紙を千切ってクローゼットに全部押し込んだ。

瑠唯はその頃、人間と呼べるものではなかった。

こんな状態で夢を追うどころじゃない。

自分を拒絶すればするほど世界から見放されていくような感覚がした。

瑠唯の人生は失われた視力と同じように闇しか広がっていなかった。

あの当時の夢を見たら、やはり今も体の震えが止まらない。トラウマはしっかり残っている。

そして次に襲うのは膨大な罪悪感。

母には申し訳ないことをしている自覚はあるが、だんだん過保護になっていく母の態度に苛立つので、素直になることはできない。その悪循環によって家庭は冷え切ってしまった。だから今も頼れない。

いっそ壊れてしまえばいい。

何もかも忘れて呆けてしまえば幸せだろう。

もしくは死んでしまいたい。

「……そうだ、死のう」

その答えに行き着くまで時間はかからなかった。

3

部屋から飛び降りても怪我をするだけだ。だったら首を吊るか、それとも台所の包丁を使って腹でも刺すか。大量の睡眠薬を飲んで死んでも意味がない。

とにかく自分を痛めつけて死にたい。

確実な方法で死にたい。

そう思ったら自然と足が外に向く。暗い冬の夜、瑠唯は静かに家を出てふらふらと歩いた。

行く当てはない。どこか高いところに行けたらそれでいい。

自然と思い浮かぶのは凱旋門だった。いつしか白夜と話した、目が見えなくなるまでに見たい景色。

それがすべて高い建物だったことに彼は不思議そうだった。

死にたくて思いついた場所なのだと彼は知らなかっただろう。それもこれも右目を失った頃にぼんやりと考えていたことだ。そこへ行けば死ねるのではないかと思ったからこそよく覚えていた。

そんな鬱屈した思考を長いこと携えていたもので、あの時も無意識に行きたい場所として事実をすり替えて口から飛び出したのである。

「展望台……」

瑠唯はキョロキョロと辺りを見回す。

ふと思い出すのは、彼と一緒に歩いた夜道のこと。目が見えなかったばかりに道が分からない。

しかし高い位置にあるものを探せば、丘の上にある円柱形の建物を捉えた。

「あれだ」

瑠唯はふらりと赴くままに足を動かした。人気《ひとけ》のない道が続く。はみ出した草木が邪魔で歩きづらい。

白夜が前を歩けば、とても歩きやすい道だったのに。

「そっか……こんなに私、この町が住みにくくなってるんだなぁ」

どこを歩いても彼を思い出すようで涙があふれてくる。

この雑草だらけの道は、足の裏が覚えている。夜の匂いは鼻が覚えている。静けさに立つ足音は耳が覚えている。

あの熱い手の感触も、息遣いも、分け合った飲み物の味まですべて。

白夜に手を引かれて歩くこの町が大好きだった。そんな気持ちまで思い出し、視界がじわじわにじんでいく。

坂道にさしかかり、瑠唯はつい乾いた笑いを漏らした。

「ここかぁ……ほとんど壁みたい。こんな道を、あんな体で上るなんてバカだよ、白夜くん」

彼が坂を上りきって、しばらく立ち上がれなかったことを思い出す。

「苦しかったんじゃないの。寿命縮めてどうすんの」

ふらつく足取りで坂を上る。しかし、足がうまく上がらず、思わずつまずいた。

そのとき、後ろから体を支えられて驚いた。

「瑠唯！」

「お、お母さん⁉」

ふり返る間もなく、母に抱きしめられたのだと気が付き、瑠唯はすぐさま身を捩った。

母の腕を振り払い、突き飛ばす。母がよろけたが、幸い坂はまだ中腹にも差し掛からない場所だったので転がり落ちることはなかった。

それでも母の突然の登場に、瑠唯は混乱してしまう。

「なんでよ……なんでここに」

「あなたが出ていったから、心配になって」

「まだそんなことしてるの？　昔からそう！　私のやることに全部口出して、ついてきて、鬱陶しいのよ！」

白夜がいたら、こんな罵倒は出てこなかった。またあの荒れた日々に戻っている。彼に出会う前の嫌いな自分に戻っている。

瑠唯は胸の内で懺悔しながらも、母に悪態をついた。

「いいからほっといて！　自由にさせて！　私が何をしようとどうだっていいでしょ！」

母は風呂上がりだったのか、濡れた髪のままパジャマ姿だ。そんな母をみっともなく思えてしまい、瑠唯は感情的に言葉を続ける。

「お母さんだって私なんかの世話、面倒でしょ。こんなワガママな私のことに構ってたら人生棒に振るよ。ていうか、こんな出来損ないに育ったせいで、もうお母さんの人生もめちゃくちゃだよね。ごめんね、こんな娘で。分かってるのよ、お母さんが私のこと嫌いだって。だから」

「瑠唯。あなた、死のうとしたの？」

唐突にそう訊かれ、瑠唯は面食らった。どうしてそう思ったのか分からない。

しかし、すぐに嘲笑を浮かべ、瑠唯は冷たく言い捨てた。

「そうだよ」

瞬間、母の手が瑠唯の横っ面を弾いた。

鋭い痛みが頬に広がる。これまで一度も手を上げたことのない母の平手打ちはそう強いものではない。

すぐに痛みは引くが、衝撃で声が出せなくなる。

その代わり、母が涙声で訴えた。

「別に瑠唯がお母さんのことをどう言ってもいいし、罵倒してもいいよ。つらいのは瑠唯なんだから、私はそれを受け止める。受け止めてきた。できなかったこともあった。それで瑠唯が苛立つのも分かる。鬱陶しいお母さんで申し訳ないと思う。でもね、これだけは譲れない。絶対に、死ぬことだけは許さない……！」

母は涙を流しながら言う。その涙が見えてしまうから、瑠唯も強くは言い返せない。

「瑠唯が事故にあってからずっと生きた心地がしなかった。分かるよね？　本当は分かってるでしょう？　私があなたを突き放せないのはあなたが一番よく分かってる。どんなに嘘ついてだまそうとしてもね」

「……………」

「そりゃ心配に決まってるじゃない。私のたったひとりの娘が、死の淵をさまよって生還して、でも大事な目を失って、つらかった。今度は絶対に何も失わないようにって思った。当たり前じゃない……それなのに……！」

母は悔しげに言うと、すぐに涙を拭いて瑠唯の肩をつかんだ。

「瑠唯。こんなことを言うのは卑怯かもしれない。それに軽率にこんなことは言えない。でも言わずにはいられない。そんなバカなことを考えないで。でないと白夜くんが浮かばれないでしょ」

母の言葉に瑠唯は顔をしかめた。衝撃で呆然としていたが、感情がよみがえってくる。

「浮かばれないって……そう言って私がすんなり引くと思う？　それは、結局私の気持ちを無視してるだけよ！　みんなで私を追いつめてるだけ！」

しかし母の思いはしっかり伝わっていた。

白夜が望まないことも分かっている。

瑠唯は荒れた息で後を続けた。

「でも、苦しいよ……もう嫌なの。無理だよ。死んだ人の分まで生きて、期待に応えて生き続けなきゃいけないの？　お母さんのために死んだように生きるの？　それでもいいの？　私が苦しいって言っても、生きててほしいの？」

母は答えに迷っていた。ただ瑠唯の肩をつかみ、一緒に泣いている。

「彼の死を乗り越えて生きていく、なんてそんなのできるわけないよ……」

「乗り越えなくていい。できなくていいよ」

「でも生きてるうちは、そうしないといけないじゃん」

母はやはり答えに困っていた。しかし答えなど期待していなかった。そう簡単に出てきたら自分の悩みがバカらしくなってしまう。

瑠唯は幼い子どものように声を上げて泣いた。いつの間にか母に抱き寄せられ、背中をさすられる。すると母も洟をすすって泣いているのが分かり、瑠唯は声が嗄れるまで泣いた。

寒空の中で泣けば頭はどんどん冷えていった。

静かになった頃、母がくしゃみをしたのでひとまず家に帰ることになる。手を引かれて歩くのは癪だったが、それでも素直に家路を目指した。

家の前では父が待っており、心配そうではあったが何も言わずに部屋に上がると、温かいココアを淹れてくれた。

「瑠唯」

母もココアのマグカップを持ち、静かにソファに座る。

「これ、あなたにって。古野さんにいただいたのよ」

そう言って母は、テーブルの下から小さなカゴを取り出した。そこにあったのは、ノートが入った封筒と白夜のスマートフォンだった。

「なんで……」

「ノートは白夜くんが書いた小説。スマホは……なんだかよく分からないけど、ひとまず頼まれたらしいの。白夜くんがあなたに渡してほしいって」

「えぇ……中身、見ていいの？　こういうのは家族のものじゃ」

瑠唯は意味が分からずスマートフォンを見つめた。母も困惑気味に笑っている。

「白夜くんの遺言だから仕方ないって。瑠唯が中身を見るまでは家族にも見せたくないって」

「えぇ？」

ますます不可解だった。

4

瑠唯は悩んだ。部屋に戻って白夜の形見を机に並べても中身を見る勇気が出ない。しかし気になる。まさか一年越しにこんなことが起きるとは思いもしない。

「まるで私が死のうとしたことを予感してたみたい……」

本当にそうだったら恐ろしいが、今までのことがすべてこのためにあったかのように思えてならない。

瑠唯は机に備え付けられたスタンドだけの明かりで、ひとまずノートを開いた。

一話から長く続く、儚い物語が綴られている。苦労して読んだことを思い出し、瑠唯はしばらく静かに読みふけった。

彼の思いはすべてこの物語にある。とてもきれいで、キラキラして希望に満ちた言葉が書かれている。

確かに友人関係に苛立ちを感じるような描写はあるが、死を目前にした人が書くにはあまりにも無欲だとも思え、その奥にある病や死への不安やつらさがまったくない。ただ残していく彼女を思って、前向きに最期の時を待っているかのよう。

彼もそうだったのだろうか。しかし、どうにも腑に落ちない。

他人の幸せを憎んでいた彼にしては優しすぎる物語なのだ。それに一緒に与えられたスマートフォンも気になる。

瑠唯はノートの最後を開いた。最初の頃の文字と比べると、最後のほうの文字は儚く弱々しいことが一目瞭然だった。文字を書くのもつらいほどだっただろうに、それでも物語を綴る原動力はなんだったのだろうか。

しかし、ノートの半分ほどで物語が終わっていた。死にゆく主人公と同時に、目の手術を受けるヒロイン。ふたりの未来が描かれるはずのラストがない。

「え？」

瑠唯は白紙のページをめくった。どこにもない。そして最後のページをめくった瞬間、瑠唯は息を呑んで固まった。

『しにたくない』

筆圧の弱い、震えた文字だけが中心に浮かぶように書いてある。

それを見た途端、呼吸がうまくできず、いつの間にかノートを机に落としていた。

初めて彼の本音を聞いたような気がし、胸が苦しく締め付けられる。

「そんな……ここまで、諦めたように、希望を託すように書いてたのに……」

瑠唯は深く息を吸った。スマートフォンをつかむ。

白夜はこのスマートフォンに小説のネタとなるメモを残していたはずだ。

電源を入れるとパスワード設定が解除されていたので、すんなりとホーム画面にたどりつく。

それもまた瑠唯に見せるために用意されているようだった。覚悟を決めておそるおそるメモを開く。そこにはびっしりと『カゲヤマ』についての人物像が記されており、瑠唯のことを理解しようとした軌跡がある。

スクロールしていけば、最後にネットへ誘導するようなＵＲＬが残されてあった。

思い切ってタップする。すぐに白夜が使っていたＳＮＳアプリのホーム画面につながった。

「うわぁっ」

なんだか見てはいけないものを見たような感覚になり、すぐさま電源ボタンを押して画面を閉じる。

「な、なんで……どういうこと？」

まったく意味が分からず、しばらく脳内のざわつきが止まらない。

しかし白夜は瑠唯に見てほしいのだ。でなければここまで準備していない。

数分後、何度目かの深呼吸をして瑠唯は再びスマートフォンに向き合った。

白夜のSNSが現れる。アイコンもヘッダーもない、フォロワーもフォローもゼロな、誰も寄せ付けないようなクローズドのアカウント。

寒々しいタイムラインは、去年の十二月で止まっていた。

【スクロールして】

一番上の投稿にそう書かれてあり、瑠唯はその通りに最も古い投稿からさかのぼって見る。

それは彼が検査入院を受けた日から始まっていた。

【今日、貧血で倒れた。夏休み初日。最悪。どうもやばい病気みたいで、ずっと検査。どの程度やばいのかはまだ分からない。不安しかないので気持ちを吐き出したくてアカウントを作った】

次の投稿は検査が終わった時期なのか二週間ほど経っていた。

【どうしよう】

【マジか】

【最悪すぎる。母さんがずっと黙ってるし、父さんは怒ってる。医者は冷たい】

【僕、どうも死ぬらしい】

それからはほとんど毎日いくつかの投稿をしていた。

【長くて冬まで】

【長くないし、早すぎる。急展開についていけない】

【これから治療とかするのかな……って思ってたらどっちでもいいとさ】

【治療して生き延びても意味ないもんな。どうせベッドにくくりつけられて死ぬのを待つだけだろうし】

【でも実感ない。そんなふうになるのが想像できない】

【朝、目が覚めたら全部ウソでしたってならないかな。ならないか（笑）】

【そんなに悪いのか、僕の体。まったくそんな感じないのに】

それから新学期が始まったらしく、白夜の投稿はさらに増えた。

【両親が仕事の調整をし始めた。もう僕のことは諦めたみたい。そうじゃないか。でもそういうふうに見える】

【父さんがリモートになる。ずっと家にいるみたいで嫌だ。母さんは役職ついてるし、いつも通り。ただ夜中に僕が生きてるか確認しにくる。だるい】

【家族揃って過ごす時間を作ろうって。やっぱり僕の死は確定みたいだな。残された

時間をみんなで過ごすのか。だるい】

【やめとけって言われてたけど体育に出た。本当に死ぬっぽいなぁと思った。ちょっと走っただけで汗が止まらないし、息がしづらい】

【心臓に腫瘍があるだけ。なのに、すごく息ができない】

【クラスのやつらにからかわれた。走れないから。でも言えるわけない。僕もうすぐ死ぬらしいって言えないし】

【ダメだ。ムカつく】

どんどん言葉が乱暴になってきた。瑠唯はひとつひとつの投稿をしっかり読んだが、時折息が詰まり、思わず目をそらした。

「はぁ……」

腫れた目が痛むほどまぶたが熱い。息を整えて、彼の悲痛な言葉を目に焼き付けた。

【なんで他人ってこうも無神経なんだろう】

【ムカつく】

【ムカつく】

【ムカつく。それしか言えない】

【日に日に体がだるくなってくる。自分が自分じゃないみたい】

【気休めの薬だ。でも飲んでないと親がうるさい】

【母さんが夜中に泣いてるのを見てしまった。最悪】

【あー、ダメだ。やっぱり眠れない。胸が痛い】

【内側が急に痛みだす。呼吸できないくらい。これが続くと耐えられない】

【痛み止めが効かない。痛い】

そんなことすら口に出せなかったのだろうか。当時の彼を思うとこちらまで苦しくなってくる。

しかし、投稿はまったく新しい色を見せた。ついにあの夜が登場する。

【外に出たら気が紛れると思ったら、とんだ災難に遭った】

「災難って……」

瑠唯はつい呟いた。あの夜を思い出す。

【目が見えない女の子に会った。相当おかしい。カゲヤマって誰】

「それは本当に申し訳ない」

瑠唯は懺悔するように目をつむった。なぜか笑いがこみ上げ、すぐにため息をつく。

【もう関わることはないと思うけど……】

【でも、僕もできるなら死ぬまでに、きれいな生き方をしてみたい】

【あの子は健気だった。絶望的状況だし、そんな悲惨な状況、僕なら死んだほうがマシだと思ってしまいそうだけど、きれいに生きようとしてるみたいだ】

「そんなんじゃないよ……」

それなのに彼の投稿はしばらくつらい言葉はなく、瑠唯との思い出を綴っていた。

【痛み止めをもらう帰りに、病院の前であの子と母親に会った】

【同じ病院かよ。映画みたいな再会だ】

【あの子の母親から聞いた。思ったより深刻そう】

【僕にあの子を救えるのか? 自信がない。もしかしたら僕がやろうとしてることはあの子を冒涜することかもしれない】

「違うの。ごめんね……あのとき、再会がうれしくて。白夜くんの背格好、髪型をぼんやり覚えてたんだ」

瑠唯は頭を振った。湊をすすり、詰まった息を整える。

――私も、あの夜は特別だった。なぜかまた会えると思ったんだよ。

そう思いながら続きをスクロールする。

【彼女をだましているみたいでつらいけど、笑ってくれるならそれでもいいかも】

【すごい。なんか急に痛みがなくなった】

【無茶な呼び出し。でも嫌じゃない。純愛っぽくて】

あの展望台での出来事だ。あのとき彼は浮かれ調子だったのだということが分かり、瑠唯は湊をすすりながら笑った。

【あの子は僕ではない人を見ている。だからこの気持ちは絶対に言えない。言ったところで、僕はもうすぐ死ぬし】

「そっか……あのとき、そんなふうに思ってたんだ」

【けど、この景色はきっと死ぬまで忘れないと思う】

「……そっか」

さらにスクロールすれば、未熟な星空と夜景を映した写真が飛び込んでくる。

「あー……これは確かに白夜くんもがっかりするわけだ」

あまりにも落ち込む彼を思い出し、瑠唯は久しぶりに笑った。

しかし、また投稿は暗雲たれこめる。

【ムカつく】

【ついにやってしまった。もう学校にいられない】

「あぁ、あのときね」

瑠唯はふと思い出した。

――白夜くんは知らないだろうけど、あのとき、実はあなたの背中が見えたから追いかけたんだよ。

病院の帰り、母の車の中で元気がなさそうな白夜が歩いていくのを見かけた。母も白夜の様子に気づき『なんだか不安そうな顔してる』と言っていた。だから家に入らず、白夜の後を追いかけたのだった。

社殿の前に座り込む彼を見ても、どんな表情で何を思っていたのかまでは分からなかった。

それでも彼は気丈に振る舞い、心を隠そうとしていた。

しかし、瑠唯と話したことによって救われたらしい。

【すごくうれしかった。大げさかもしれないけど、感情を共有できたのがうれしかった】

【思わず泣いてしまった。バレるし最悪。かっこ悪い】

【そんな僕も受け止めてくれるから、本気になったらダメだって分かってるけど】

その言葉の続きがなく、瑠唯は顔をしかめた。

「そりゃまぁSNSですしね……素直に言ってくれても良かったのに……死ぬからって、そんな自分の気持ちまで殺さなくていいじゃない」

話しかけても彼の声は返ってこない。それでも目が離せない。当時のあの瞬間があまりにも楽しくきらめいていたことは変わりない。

思えば、この膨大な投稿のほうが引き込まれる。彼の温度を感じられる。それこそ当時の率直な飾り気のない言葉のほうがしっくりくる。

それから白夜はどうやら総合病院のカウンセリングに通っていたことが分かった。

今にして思えば彼も病院に通っていたのだ。だから二回目の再会が病院前だったのだと今ここにきて気がつく。

【病院、人待ちすぎ。だるい】

面倒そうな投稿に瑠唯は「分かる」と呟いた。

それからまた写真が出てくる。ひまわり畑だった。

「うわぁ……キレイじゃん」

それなのに彼はやっぱり不満そうだった。その意味は――

【来年なんてこない】

「あっ……」

当時のことを思い出す。来年はネモフィラを見に行こうと言ったのだった。

白夜はどんな顔をしていたのだろう。

【やっぱりあの子には説明したほうがいいかな】

【でも、言えない。言いたくない】

【だって、もしかしたら来年がくるかもしれないし】

【そうだったらいいな】

そんなときだ。瑠唯の嘘がバレたのは。

【嘘だった】

【あの子の目は治る】
【いいことだ。でも、なんでだろう。裏切られた気分】
【僕は僕の不幸を彼女に重ねていただけだった】
【最低だ。それなのに気分が悪くてイライラする】
【しまった。ベンチで気を失ってた】
「え?」
目を疑い、思わずつぶやく。
「嘘……あのとき、そうだったの?」
【父さんがごまかそうとしてる……そんな嘘、すぐバレるって】
【姉ちゃんが大人になってる】
「ちょっとちょっと、何があったのかまったく分かんないって」
しかし、瑠唯の嘘がバレた当時の出来事なのだ。姉に何か言われたのだろうか。
【また倒れた】
投稿は数日飛んでいた。
【そんなにショックだったのか】
【あの子の嘘に心臓が反応してるっぽい】
【すごく痛い】

瑠唯はうなだれた。

あのとき、何度も連絡したがつながらなかった。会うこともできなかった。当然だ。希望を与えるだけ与えて、一気に地獄へ引きずり込んだのは自分だったのだから。

「ごめん……痛かったよね」

それからのことはあまり思い出したくない。瑠唯は白夜のアカウントＩＤをメモし、スマートフォンを閉じた。

明日、白夜の家に行って返しに行く。この続きを見るのは、もう少し自分の心が回復したときがいい。

５

＊　＊　＊

彼女の嘘はあまりにも衝撃的だった。自分の目が治らないなんて、そんな嘘をつき続けていた。

僕は弾かれるようにその場から逃げる。どうして。どうして。

やがて約束の場所へ無意識に向かっており、僕は茫然自失な状態でその場に倒れた。

急激に動いたから、心臓が痛みを発する。思わず呻くも、どうにか歯を食いしばってこらえた。腐りゆく心臓を握りつぶすように胸を押さえ、痛みがおさまるまで待つ。

這うように人目につかない木陰へ移動し、呼吸を整えた。しかし、痛みの反射か涙があふれてきた。

どんなにつらい治療でも絶対に涙を流さないようにしてきた。それなのに……

多分、それはメイがついた嘘のせい。

確かに死にゆく僕と視力を失う君とでは抱えているものは違う。だけどほんの少しでも僕と同じ悩みを持っているのだと信じていた。

それが裏切られたのだ。いや違う。僕は僕の不幸を彼女に重ねていただけなんだろう。

それに気づいたとき、僕はつい嘲笑を投げた。ほかでもない自分自身に。

彼女の嘘の理由——それは、夢を叶えることができないから。

小説を書いて作家になりたいという夢を諦めたから。

左目が治っても、右目は元に戻らない。

「だから治さない」

彼女はそう言った。

「本当は死にたかったの」

メイの表情はとても暗く、僕といつも会っていたようなまぶしい笑顔はどこにもない。

「いっそ死んでしまいたかった」

僕は何も言えずにいた。

――僕は生きたいのに。

やはり他人は無神経な生き物だと思う。けれど、彼女の悲痛な思いに捕らわれるように僕は彼女を突き放すことはできない。

夢は叶わない。どんなに願っても、病気は治らない。だから治さない。僕も同じ気持ちを持っていた。

これからも生きていくんだと思っていた。彼女も事故に遭わなければひたむきに夢を追いかけていたかもしれない。僕らが出会わない未来だったとしても、こんな悲惨な結末は迎えなかったはずだ――

＊　＊　＊

【ばかやろう】

【死にたいなんて言うなよ】

【あのとき、僕は君に自分の気持ちをぶちまけたかった】

【僕はもうすぐ死ぬんだと叫びたかった。でも、そんなこと言えないから、こらえるしかなかった】

【それで思った。君がまた自分の物語を始められるように、僕が書く】

【僕らの物語を書いたら、僕も生きた証を残せる。あの子がどう思うかは分からないけど、絶対に手術を受けさせる】

【絶対にやってやる。死ぬ前に君にしてやれることは、もうこれしかない】

【執筆は順調。今日はノート二ページ書いた】

【でも無理したかも。熱が引かない。だんだん弱ってるのが分かる】

【やばい。学校行けない】

【退学届を出すことにした。もう限界だし】

【家で療養するって決めたときから、このことは想定内だったし】

【でもやっぱり日常が奪われていくのがつらい】

【さっき、Kくんが家にきた。心配してくれてたらしい。彼には全部話した】

【そしたらKくん、すごく泣いてた。ごめん。黙ってて、ごめん】

【ダメだ、謝ってばかり。両親にも最近、謝ってばかりだ。ありがとうって伝えたいんだけど】

【後悔してる。もっと素直になれば良かった】

【やっぱりあの子にも言ったほうがいいかもしれない】

【でも僕の思いはこの小説に残す。それでいい】

＊　＊　＊

瑠唯は小説と投稿を交互に読みふけった。

＊　＊　＊

彼女と行く海は青く澄んでいて、どこまでも広がっていた。海なんて見ても大した感動はないと思っていたのに、なぜか彼女の隣にいると奇跡を感じている。

なんとなく手をつなぎ、僕らは顔を見合わせる。夏の匂いを吸い込む。

「さよならは言わないで」

メイがぎゅっと僕の手を握りしめながら、押し殺すような声で言う。

「だって、悲しくなるから」

メイにはもうバレているみたいだ。僕がもう長くないってこと。

「隠してたのに」

「影山くんもウソつきだね」

「うん。僕らはあまりにもいじっぱりで、強がりで、ウソつきだ」

どうして　す直になれないんだろう。彼女につたえたい言ばが　たくさん　あるのに。

たくさん　ある。つたえたかった。それに、もっとはやく出会い　たかった。

あまり　にも　あっけなくて、はかない。

こんな

＊＊＊

【最近、手に力が入らない】

【この投稿も、ちょっと難しくなるかも】

【そのまえに、やるべきことがまだある】

【これを読む君へ】

【小説は完成できないかもしれない。本当はラストなんて決まってないんだ。小説で君を書けば、君の気持ちが分かるような気がしただけ】

【そうしたら僕の気持ちも分かってきた。僕は死にたくなくて、いろんなことから目をそらし続けていた。それが分かっただけでもじゅうぶんだと思う】

【ただ、やっぱりこれが完結しないのは嫌かな。あれだけ完成させるって言ってたのにごめん。やっぱり僕は嘘つきだ】

【僕が死んだらこれを君に読んでほしい。今まで見せなかった僕の本当の姿だ】

【僕もけっこう弱くて、君にえらそうなことを言えないんだ。それで、死ぬなとか言えなかった。僕は生きたかったし、ふざけんなって思ったけど】

【でも君の人生は君のものだ。死人にまで説教されたくないだろ】

【小説を書こうなんて思ったのは、本当に思いつきだった。君に出会う直前に観た泣ける映画、あれを見て僕は嘘みたいに救われたから】

【だから、僕も君を救いたかった。前を向いて生きてほしいと本当に思った。ありきたりな思いだけど、そう思ったんだ】

【でもきっとつらいよね。ごめん】

【君を残して死にたくない。でもごめん】

【この物語の続きは君が書いてくれ。お願いだ。僕の最後の願いを叶えてほしい】

【それまでは絶対に死なないで。書けたら教えてね。君の長い長い物語を】

【僕はまたあの夏に戻ってるから】

＊＊＊

長い時間をかけて、瑠唯はノートとSNSを閉じた。

そしてずっと閉じていたクローゼットを開けた。もう後ろを見るヒマはない。

6

「——完結おめでとうございます！」

そうして缶ビールと少しのつまみだけで始まった仕事部屋での打ち上げはなかなか切り上げられず、アシスタントたちが帰ったあとに仮眠をとったあと、瑠唯は届いた最終巻の見本誌を持って地元に戻る準備をした。

リュックサックに着替えと日用品を入れ、動きやすいジーンズとTシャツに着替え、髪をまとめる。自分で化粧を施し、痛々しい怪我の痕を消す。

しかし、どうにも右目へのコンプレックスは拭えず、右側の髪は目が隠れるように垂らしておく。そしてサングラスをかけて、キャップをかぶると蒸し暑い夏の町へ足を踏み出した。

あの寂しく儚い別れと身を切り裂かれたような日々から八年。紆余曲折を経て、都会の片隅でなんとか漫画家として生活していた。

早朝便の飛行機で帰郷し、地元へ向かうために高速バスに乗る。その際、あの海が窓から見えた。キラキラとまばゆい光を放つので、サングラス越しにじっと眺める。そうすればあの灰色の海と似た景色になって心地よかった。

実家に戻る前に瑠唯はこの感動を、誰かと分かち合おうと久しぶりに病院へ向かう。

「おはようございます、三崎先生」

まだ診療時間でもない午前七時。いつも早い出勤の三崎は、ちょうど外で日差しを浴びていた。そんな彼の前にひょっこり立つと三崎は目を丸くして驚いた。

「おぉー！　瑠唯さん。お久しぶりですね」

「すみません、先生。これだけは直接渡したくて」

瑠唯は照れくさそうに笑いながら、手に持っていた紙袋を差し出した。察しのいい三崎はうれしそうに「おっ」と言うと紙袋を受け取って中を見る。

「ということは、ついに完結巻が出るんですね。『嘘つきな僕らの物語』！」

「はい。まぁ二年くらいしか連載できませんでしたけど」

「上等上等。〝隻眼の鬼才〟見事に完結まで走り切る。最高じゃないですか」

「その肩書、本当に嫌なんですけど……恥ずかしいのなんのって」

三崎の妙なテンションに瑠唯はついていけなかった。さらに前夜の打ち上げが長引いて眠気と疲労が一気に襲いかかり、ついあくびをしてしまう。

そんな瑠唯の様子を気に留めず、三崎は機嫌よく言った。

「いやぁ、いい天気ですね。今年の九月も猛暑だけど、今日はそうでもないそうです」

三崎は紙袋から漫画の単行本を出し、太陽に向けて掲げる。

「何してるんですか、先生……」

「いや、こうしたら白夜くんにも見えるかなって」

「白夜くん、もっと高いとこにいると思いますよ」

瑠唯は呆れて苦笑した。そんな瑠唯に対し、三崎は漫画を裏返して見ながらふと呟いた。

「そういえば、この作品って君たちがモデルなんですよね？」

「えっ？」

瑠唯は後ずさり、思わず顔を覆った。

――なんで分かるの！

その反応を見てか、三崎はのほほんと笑いながら言う。

「分かりますよー。だって、あの当時の君たちを見ているようでした。本当に……夜中に読むと無性に、泣けるんですよ」

三崎はメガネの奥の目を潤ませながら言う。大げさだと思うけれど、彼の感情表現の豊かさに笑いがこみ上げる。

「あはは、それは作者冥利に尽きますが……私たちだと思いながら読んでるの、多分世界でも先生一人だけだと思います」

「そうでしょうね。いや、案外君たちのご家族は気づいてますね。絶対に。確実に」

「あー！　もう！　そうでしょうね！　本当に恥ずかしいったらない……バレてるのかぁ」

瑠唯はその場にしゃがみこみ、恥ずかしさに悶えるようにうなだれた。

そんな瑠唯をよそに三崎は澄ました口調で続ける。

「そういえばこれね、単行本が出る前に配信で先に最終回を読んでるんです」

「まさか先生、配信派だったのか」

瑠唯はさらに落ち込んだ。これに対し三崎は「でもね」と続ける。

「ちゃんと君から送られてきた本も読みましたよ。やっぱり紙の本はいいですね。カバーも素敵ですし、色がいい。カラーページもあってきれいですし、やっぱり何度も読み返しては泣いて……」

「はいはい、分かりましたから！」

これ以上褒め殺しをされては恥ずかしさで倒れそうだ。

瑠唯は漫画家としてデビューしても、担当編集に励まされても、読者がついても自信のなさだけは拭い切ることができなかった。

それでも「描きたい」という気持ちだけで突っ走ってきた今回の作品は、白夜が書いた小説をもとに再構築したものだ。

「瑠唯さん」

三崎は微笑を浮かべ、改めて瑠唯と向き合う。

「この作品のラストから前の冬の日、あれはフィクションですか？　それとも実話ですか？」

「ラスト……」

主人公の影山は死の前日、メイに会うために家を飛び出した。示し合わせたように外にいた彼女に再会して切ないキスをする。

普通ならありえないが、ドラマチックなシーンになったと自負している。しかし、そう問われると照れくさい。

瑠唯は頬を掻き「えーっと」と逡巡した。

「考え込むことですか？」

「いや、うーん……まぁ、ご想像におまかせします」

ついごまかした。三崎が残念そうに眉を下げる。

「せっかく作者本人から秘密を聞きたかったのに……」

「先生って意外と漫画とか映画、好きですよね」

話の方向を変えると、彼はたちまち元気を取り戻す。

「僕、大学のときに文学サークルだったので、エンタメにはけっこううるさいんです」

「なるほど」

そんな三崎にお墨付きをもらえたならば、少しは胸を張って漫画家と名乗れそうだ。

「白夜くんもそんな感じでしたしね。彼とはもっと話をしたかったものです」

「え、白夜くんって診察中、そういう話してたの？」

「いえ。でも、君と同じでそういう世界に憧れてるみたいでしたよ。きれいな青春を生きたかったんでしょうね」

三崎の言葉に瑠唯はキャップのつばを引っ張って目元を隠した。

「そっかぁ」

八年越しに聞く彼の姿を想像する。

彼を漫画に残せば、当時彼が抱いていた痛みやつらさ、感情すべてを分かち合うことができると思っていた。しかしまだまだ分からなかったこともあったらしい。

すくっと立ち上がり、リュックのベルトを握りしめる。

「それじゃ、先生。またいつか」

「次の連載、期待してます」

「気が早いよ……でも、はい。がんばります！」

瑠唯は三崎に手を振り、病院を後にした。


本当はこの連載が終わったら漫画家を辞めるつもりだった。

次、何を描けばいいのか分からない。また、連載中は人の死を踏み台にしたような作品を描いているのではと思い込むこともあったが、なんとか気持ちを切り替えて二年間走りきった。

自分が納得のいくスタートとラストを描けて爽快な気分でもある。

瑠唯はゆっくりと町並みを眺めながらバスに乗り込んだ。しばらく平坦でにぎやかな町が流れていくが、だんだん閑静な住宅地へ入っていく。格子状の道をバスはゆるやかに入っていた。

やがて、桜町バス停で降りる。そこから地図アプリを用いて、家路とは反対の方向を目指した。

しばらくゆるやかで長い坂道を行く。大通りのそこは右側に車が通り、そのたびに立ち止まる。時折目をつむると、あのときの匂いがした。それだけで自然と心が弾んでいく。

「おぉ、変わってない」

目の前に広がる植物公園。午前中ということもあり、ガーデンドームにからみつく朝顔が満開だった。ダリアの花もきれいに咲き乱れている。ガーデンの奥にあるひまわり畑も元気な様子で、瑠唯は駆け出して黄色の花の群れへ飛び込んだ。

「ただいま」

あのとき嗅いだ植物の香りがまだ記憶に残っており、懐かしさがこみ上げた。

もう彼の声もおぼろげなのに、目を閉じるとあの夏に戻ることができる。

しばらくしてひまわり畑をスマートフォンにおさめ、次の場所へ向かった。

ここから行けばあの始まりの森へたどり着くのだ。しかし、その場所はもうすでに撤去されていた。鬱蒼とした緑も、壊れかけの神社もない。

「……残念だね」

瑠唯は落胆し、空き地を横切った。すると、ふとあのときの熱を感じる。

足の裏の感触が、匂いが、音が、味が、温度が、思いがよみがえってくる。

またさらに歩き、ペットボトルのスポーツドリンクを飲んで休憩しながらようやく難関の坂にたどり着いた。

目を閉じると、彼の手の感触がしたと思えた。息遣いが聞こえる。鮮明に、あの夏へ戻れる。

二人で寝転んだアスファルトを踏みしめ、展望台まで行く。

あのときはあんなに時間をかけて上った。瑠唯は目を閉じたまま手すりを掴みながら、あの夜のように一段ずつ上った。

心が弾んだ。胸がときめいた。こんな夜が永遠に続くと思っていた。一段一段、思い出が詰まっている。

――瑠唯。

彼の声が風に乗って聞こえる気がした。

もう一度、声が聞きたい。

触れたい。

あの熱を感じたい。

嘘だらけで、幸せだったあの日々に帰りたい。

「白夜くん……」

瑠唯は手を伸ばした。てっぺんまで上り切り、少し足がもつれた。

目を開ければ、鮮明な青。

彼の姿はどこにもない。そこに虚しさを感じ、やはり目を閉じる。

「私は、あなたが願った私になれてますか？」

濃紺の世界に問うと、風が頬を撫でた。それだけで瑠唯の憂さはまた一つ晴れた。

彼はいつでもあの夏の夜にいる。彼はなんと答えるだろう。嘘つきだから、「まだまだだ」とでも言ってるような気がしてならない。

「もう少し、頑張ってみる……？」

次回作のことは考えていない。けれど今の居場所を捨てるには惜しい。

ここまで頑張ってこられたのは白夜の思いがずっと手を引いてくれていたから。

それが急になくなった気がし、どう歩けばいいか分からなくなった。彼との思い出が遠のくことが怖かった。

それならいっそ終わらせてしまったほうがいいのではないか、そう思っていた。

しかし、この場所に立つと彼を感じられた。

これからも後ろ向きな自分をだましながら、生きていくのだろう。幻影のような彼を生きる希望として前を歩いていくしかない。

目を開ける。白夜の姿がふっと消える。深呼吸したら、目尻から小さな涙が出た。

「はー……って、ん？」

ジーンズのポケットでスマートフォンが震える。表示を見ると母からの電話だった。

「もしもし」

『瑠唯、もうすぐ古野さんが来るわよ。早く帰ってらっしゃい。今どこにいるの？』

「余韻に浸らせてよぉ……もう。はいはい、今すぐ帰ります！」

そう言って切ろうとしたが、母の背後で元気な子どもの声がし、白夜の姉たちがやってきたことを知る。瑠唯が帰ってくることを母が勝手に古野家へ伝えたようで、今日はこれから完結祝いをするのだ。そのにぎやかな声を聞いていると、電話がやっと切れる。

「ほんと、余韻が台無しだよ」

瑠唯はくるりと振り返り、展望台から離れる。あの夏が遠ざかる。

「行こうか、白夜くん」

——迷ったら会いに行けばいいよね。あの夏へ、何度でも。

右頬を撫でる風を追い越し、瑠唯は前を向いて歩いた。

◉定価：770円（10%税込）　◉イラスト：萩森じあ　ISBN:978-4-434-33899-1

一途に好きなら死ぬって言うな
青春×ボカロPカップ
現代ファンタジー・SF賞
受賞
TikTokで話題!
アオハルフェア
松藤かるり
Karuri Matsufuji
余命16日
僕は君をあきらめない
タイトルの意味を知って涙する衝撃作
ひとりでいたい、友達なんていらない。
高校生の香澄は、とある出来事をきっかけに
人を信じることをやめた。地元を出ることを願い、
淡々と日々を過ごす。今日だっていつも通りの
一日になるはずだった。変わり者の同級生・鷺山と
『例大祭の日にどちらかが死ぬ未来』を見るまでは——。
突然の未来予知に動揺する香澄に対し、鷺山は冷静に
『香澄を生かすために自分が死ぬ』と宣言する。
なぜなら、香澄が好きだからと。
意味不明な理由に納得できない香澄は、
『借りを作りたくない』と言って未来を変えるべく奔走する。
一匹狼の私と、秘密を抱えた君。二人の想いが重なる時——
過去と未来、すべてが繋がる、16日間の恋が始まる。

◉定価：770円（10％税込）　◉イラスト:ゆどうふ

◉定価：770円（10%税込）　◉イラスト:倉地よね　ISBN:978-4-434-34654-5

どこにも居場所がなくて、本音を隠すのが苦しくて、
もういっそ海に消えてしまいたくて――

そんな私を、
君が変えてくれた。

母親との関係がうまくいかず、函館にある祖父の家に引っ越してきた少女、理都《りつ》。周りに遠慮して気持ちを偽ることに疲れた彼女は、ある日遺書を残して海で自殺を試みる。それを止めたのは、東京から転校してきた少年、朝陽《あさひ》だった。言いくるめられる形で友達になった二人は、過ぎゆく季節を通して互いに惹かれ合っていく。しかし、朝陽には心の奥底に隠した悩みがあった。さらに、理都は自分の生い立ちにある秘密が隠されていると気づき――

◉定価：770円（10%税込）　◉ISBN:978-4-434-33743-7　◉Illustration：ゆいあい

ISBN:978-4-434-33898-4

春の真ん中、泣いてる君と恋をした
In the middle of spring, I fell in love with you crying
佐々森りろ
もう一人で泣かなくていい。
春の真ん中、泣いてる君と恋をした
In the middle of spring, I fell in love with you crying
佐々森りろ
もう一人で泣かなくていい。
心がじんわり温かくなる、孤独な二人の再生ストーリー
アルファポリス第6回ライト文芸大賞
アルファポリス文庫
両親の離婚で、昔暮らしていた場所に
引っ越してきた奏音。
新しい生活を始めた彼女が
出会ったのはかつての幼馴染たち。
けれど、幼馴染との関係性は昔とは少し変わってしまっていた。
どこか孤独を感じていた奏音の耳に
ふとピアノの音が飛び込んでくる。
誰も寄りつかず、鍵のかかっているはずの旧校舎の音楽室。
そこでピアノを弾いていたのは、隣の席になった芹生誠。
聞いていると泣きたくなるような
ピアノの音に奏音は次第に惹かれていくが——

◉定価：726円（10％税込）　◉イラスト:ふすい

ISBN:978-4-434-33744-4

―ずっと、忘れられない恋がある。
木立花音
Kanon Kodachi
アルファポリス
第5回
ライト文芸大賞
大賞
受賞作
3日戻した
その先で、
私の知らない
12月が来る
三日間だけ時間を巻き戻す不思議な能力
「リワインド」を使うことのできる、女子高校生の煮雪侑。
侑には、リワインドではどうすることもできない
幼少期の苦い思い出があった。告白できないまま
離れ離れになった初恋の人、描きかけのスケッチブック、
救えなかった子猫――。そんな侑の前に、
初恋の人によく似た転校生、長谷川拓実が現れる。
明るい拓実に惹かれた侑は、過去の後悔を乗り越えてから、
想いを伝えることにした。告白を決意して迎えた十二月、
友人のために行ったリワインドのせいで、
取り返しのつかない事態が起きてしまい――!?

◉定価：726円（10%税込）　◉イラスト:サコ　ISBN:978-4-434-32479-6

この作品に対する皆様のご意見・ご感想をお待ちしております。

おハガキ・お手紙は以下の宛先にお送りください。

【宛先】

〒150-6019 東京都渋谷区恵比寿4-20-3 恵比寿ｶﾞｰﾃﾞﾝﾌﾟﾚｲｽﾀﾜｰ 19F
（株）アルファポリス　書籍感想係

メールフォームでのご意見・ご感想は右のＱＲコードから、
あるいは以下のワードで検索をかけてください。

アルファポリス　書籍の感想　検索

ご感想はこちらから

ALPHAPOLIS WEB CITY SINCE 2000

アルファポリス文庫

余命《よめい》わずかな君《きみ》と一生分《いっしょうぶん》の恋《こい》をした

小谷杏子（こたに きょうこ）

2025年4月25日初版発行

編　集ー境田 陽・森 順子
編集長ー倉持真理
発行者ー梶本雄介
発行所ー株式会社アルファポリス
〒150-6019 東京都渋谷区恵比寿4-20-3 恵比寿ｶﾞｰﾃﾞﾝﾌﾟﾚｲｽﾀﾜｰ19F
TEL 03-6277-1601（営業）　03-6277-1602（編集）
URL https://www.alphapolis.co.jp/
発売元ー株式会社星雲社（共同出版社・流通責任出版社）
〒112-0005 東京都文京区水道1-3-30
TEL 03-3868-3275
装丁イラストークズノハ
装丁デザインー徳重 甫＋ベイブリッジ・スタジオ
印刷ー中央精版印刷株式会社

価格はカバーに表示されてあります。

落丁乱丁の場合はアルファポリスまでご連絡ください。

送料は小社負担でお取り替えします。


ISBN978-4-434-35628-5 C0193